EL CONFESOR

EL CONFESOR

Salvador Sparti

Número de Control de la Biblioteca del Congreso de EE. UU.:   2012920266
ISBN: Tapa Blanda   978-1-4633-4036-0
                         Libro Electrónico   978-1-4633-4037-7

Este libro fue impreso en los Estados Unidos de América.

Fecha de revisión: 29/05/2013

Para realizar pedidos de este libro, contacte con:
Palibrio
1663 Liberty Drive
Suite 200
Bloomington, IN 47403
Gratis desde EE. UU. al 877.407.5847
Gratis desde México al 01.800.288.2243
Gratis desde España al 900.866.949
Desde otro país al +1.812.671.9757
Fax: 01.812.355.1576
ventas@palibrio.com
428322

Índice

Capítulo I.-   El Banquero 9

Capítulo II.-   Arrepentimiento y absolución 34

Capítulo III.-   El Hijo 39

Capítulo IV.-   El Obrero 52

Capítulo V.-   Empleo Siniestro 73

Capítulo VI.-   Revelación 96

Capítulo VII.-   La Madre 125

Capítulo VIII.- Abandono 141

Capítulo IX.-   Encrucijada 149

Capítulo X.-   La Casa del Silencio 171

Capítulo XI.-   La Búsqueda 197

Capítulo XII.-   La Confesión 214

Agradecimientos

"A Mi hermana Isabel, por su paciencia y dedicación".

Capítulo I

EL BANQUERO

Johan Warner llegó temprano al monasterio. Le habían informado que los sacerdotes se levantaban temprano para realizar sus oraciones, atender a los visitantes, o para meditar mientras paseaban por los alrededores. No lo recibió nadie en la entrada, cuya puerta estaba abierta, por lo que entró tranquilamente hasta un vasto patio cubierto de una hierba muy verde, cosa poco común en pleno otoño y en el norte de Europa. No vio señal de alguna oficina a la cual pudiera dirigirse y preguntar por el sacerdote que lo esperaba; así que al pasar cerca de un hombre vestido de gris, que barría las hojas distraído, le preguntó:

—¿Dónde me pueden informar sobre un sacerdote con el que tengo cita?
—¿Cómo se llama ese sacerdote?—preguntó a su vez el aludido.
—Antonio.
—¿Y cuál es su nombre?—volvió a preguntar el hombre, apoyándose en la escoba.
—Johan Warner.

El hombre vestido de gris, que no parecía por su porte un sacerdote, chasqueó los dedos y exclamó alegremente:

—¡El banquero!

El señor Warner se quedó un poco sorprendido, y pensó que se trataba de alguno de los auxiliares o monaguillos, aunque aquel hombre tenía ya más de cincuenta años. Acostumbrado a ser prudente se quedó callado, a la expectativa.

—¿Ya tiene preparado el cheque?—preguntó otra vez el hombre de gris acercándose con la escoba sobre el hombro—, presiento que será una larga conversación.

Fue entonces que el señor Warner cayó en la cuenta de que hablaba con el mismo Antonio. No obstante, continuó esperando.

—Mucho gusto en conocerlo. Yo soy Antonio—dijo finalmente el hombre tendiéndole la mano y mostrándole una dentadura casi perfecta.
—El gusto es mío—dijo el señor Warner correspondiendo al saludo—, y agregó:
—Nadie me habló sobre dinero.

El sacerdote lanzó una pequeña carcajada y dijo dándole una leve palmada en los hombros:

—Era una broma, hombre. Venga conmigo.

El señor Warner lo siguió más tranquilo. Atravesaron el patio y penetraron por una pequeña puerta en uno de los ángulos de la edificación; continuaron por un largo corredor hasta llegar a otra puerta de madera sin tallar, que les dio paso a una oficina, en medio de la cual había un rústico escritorio de madera, dos sillas y dos pequeños libreros junto a una de las paredes. No existían otros muebles.

—Siéntese, señor Warner.
—Gracias—murmuró el visitante al tiempo que se sentaba.

Sentados frente a frente se observaron mutuamente. Antonio se veía tranquilo, estaba acostumbrado a escuchar y tenía experiencia en aquel tipo de encuentros. El señor Warner se notaba algo tenso a pesar de que el recibimiento había sido abierto, sin protocolo.

—Bien, señor Warner—dijo Antonio iniciando el diálogo—, acostumbro a escuchar las confesiones en esta oficina y no en el confesionario, para que las personas que acuden a mí puedan hablar libremente. Incluso podemos tratar otros temas si usted no se siente animado a confesarse hoy.
—Sí, pienso que será mejor aquí. Además, he acomodado todas mis cosas para poder venir hoy.
—¿Mucho trabajo?—preguntó Antonio.
—Si, tengo muchos compromisos. Usted podrá imaginarse, pues sabe que soy banquero, y para poder mantener el negocio a flote es necesario trabajar muy duro.
—¿Puedo concluir de eso que si el banco quebrara usted estaría menos presionado?
—Es probable; pero entonces me demandarían los clientes— respondió el señor Warner esbozando una leve sonrisa.
—Bueno, en ese caso cambiaría de actividad, ya que el asunto pasaría a los tribunales. Quizás un poco de debate con los abogados le beneficiaría.

El señor Warner hizo un movimiento negativo con la cabeza.

—Créame Padre Antonio, no es nada agradable lidiar con abogados. Lo hago a diario.
—¿Le hacen muchas propuestas deshonestas?
—A veces.
—¿Las acepta, a veces?—preguntó el padre Antonio con tono significativo.

El señor Warner no respondió de inmediato. Se percató de que el padre lo invitaba a iniciar la confesión, aunque de forma indirecta.

—En realidad—comenzó a decir el señor Warner todavía indeciso—. En realidad, sí, he aceptado en ocasiones sus propuestas para engañar a un cliente en beneficio de otro, o incluso en beneficio propio.

—Y eso tiene su precio, por supuesto—aseguró Antonio.

—Sí que lo tiene—afirmó el señor Warner—, los abogados de la firma son muy bien recompensados.

El padre Antonio guardó silencio un minuto, mientras estudiaba el rostro de su interlocutor. Luego se puso en pie y caminó lentamente por la habitación. Finalmente se detuvo frente a él y le preguntó:

—¿No podrían esas acciones convertirse en una cadena interminable de trampas y sobornos?, ¿no serán un arma de doble filo en manos de esos abogados?, ¿no serían capaces de chantajearlo a Usted o a otros directivos del Banco en caso de que se vean amenazados?

—Ellos también serían perjudicados si lo hacen.

—Quizás ellos puedan escapar y ustedes no, para eso son abogados, ¿no cree?

El señor Warner titubeó. No estaba seguro de poder decirlo todo, implicaba a muchas personas. Eran muchos secretos.

El padre Antonio esperaba. Estaba acostumbrado. Sabía que las personas que acudían a confesarse lo hacían porque sus conciencias lo necesitaban, y que más tarde o más temprano terminaban sacando de lo más recóndito de sus almas las penas que las agraviaban. Por esa razón casi nunca elegía el confesionario, pues las personas podían sentirse intimidadas por la presencia de un sacerdote con todo su atavío, y por el lugar en sí mismo.

Finalmente, el señor Warner dijo:

—Todas las conversaciones son grabadas. Si alguno de nuestros abogados pretendiera chantajearnos estaría en desventaja.

—Muy inteligente de su parte—dijo el padre Antonio.

—No fue idea mía—aclaró Warner—. Fue una recomendación de un abogado de mi familia.

—Los abogados contra los abogados—dijo Antonio sonriendo—. Siempre preparando el camino para poder destruir al contrario si los ataca, ¿serán acaso el eje del mal?

Era una pregunta profunda. Warner se daba cuenta de que tenía delante a una persona experimentada en el trato con sus semejantes, que conocía la mente humana. Hablaba de manera desenvuelta y con un lenguaje aparentemente sencillo, pero que dejaba entrever mucho más de lo que decían las palabras. Evidentemente quería llegar hasta el punto en el que su interlocutor, a medida que razonaba sobre el asunto, encontraba el camino para decir toda la verdad.

—No son en sí los malvados—respondió al fin—, pero quizás sin ellos no serían posibles muchos fraudes y otros delitos relacionados con el dinero.

—Ya veo—dijo el padre.

Se retiró a su asiento y quedó pensativo. Miraba por la ventana, y escuchaba el sonido del viento.

—Y bien señor Warner, ¿eso es todo?, ¿quiere la absolución por haber colaborado con los abogados para engañar a sus clientes y beneficiarse?

El padre Antonio pretendía darle un giro a la conversación para que no perdiera el impulso. Sabía que un hombre que no tuviera muchos secretos en su vida no viajaría cientos de kilómetros para confesarse. Estaba seguro de que la complicidad y el fraude no eran sus únicos pecados.

Fue el señor Warner quien se puso de pie y comenzó a caminar por la habitación con las manos en la espalda y mirando al suelo.

Se detuvo unos instantes frente a la ventana, y luego, mirando al padre le dijo:

—Hay otras cosas más serias que engañar a un cliente, padre.
—Lo escucho.

Warner respiró profundamente antes de seguir. Trataba de concentrarse, de organizar sus pensamientos de nuevo, pues en el camino lo había intentado con poco éxito.

—En una ocasión, el engaño realizado a un cliente, provocó la muerte del mismo, pues su acreedor lo asesinó al darse cuenta de que no le pagaría la deuda porque había quedado en la ruina.
—Y usted se siente responsable por la muerte de esa persona—afirmó el padre Antonio.
—Sí—respondió Warner—, si no hubiéramos provocado su ruina, aún estaría vivo.

El padre Antonio se reclinó en su silla, pensativo. Aguardaba a que Warner continuara, pero al ver que callaba, le preguntó:

—¿Nunca usted y los demás cómplices de ese hecho hicieron algo para compensar a los familiares de ese hombre?
—No. De hecho el banco, o más bien algunos de sus directivos, se quedaron con parte de sus bienes.

El padre guardó silencio esta vez. Observaba a Warner, quien continuó dando pasos por la habitación, mientras reflejaba en su rostro el dolor por no haber impedido aquella desgracia.

—¿Estaba en sus manos hacer algo para impedirlo?

El padre Antonio quería llegar hasta el final, no quería que Warner se quedara solo con su dolor, y notaba que éste se sentía culpable a pesar de que al parecer no era el autor directo del hecho.

—Siempre se puede hacer algo—aseguró Warner—. Al menos pude haberlo intentado, pero me quedé sentado en mi oficina, viendo como aquel infeliz perdía todo lo que tenía. Sabía que no estaba bien lo que hacíamos, que aquel hombre confiaba en nosotros; incluso vino a pedirnos consejo, y sólo le dijimos que nuestros clientes debían ser solventes, y que como no lo era, no podíamos seguir prestándole servicios de ningún tipo. Todavía recuerdo su cara llena de sorpresa cuando recibió la respuesta. No lo creía y es muy probable que aún después nos siguiera considerando hombres honorables.

Soltó una siniestra carcajada.

—¡Hombres honorables!—exclamó moviendo negativamente su cabeza—. El mundo de los negocios está repleto de hombres honorables que se roban y se matan unos a otros.

—Veo que su trabajo ya no le resulta agradable—concluyó el padre Antonio.

El señor Warner volvió a su asiento antes de continuar. Aflojó su corbata y desabotonó su saco, lo que era una señal de que comenzaba a disminuir su tensión nerviosa.

—No, no me resulta nada agradable; pero estoy obligado a mantenerme en él. Además, todo lo que tengo y lo que soy se lo debo a mi trabajo.

El padre lo dejó razonar un rato sobre lo que acababa de confesar. Era un buen comienzo para un hombre que, casi podía asegurarlo, nunca se había confesado, al menos desde que era un adolescente. Después le preguntó:

—¿Qué es usted y qué tiene, que le hace estar atado de esa manera?, ¿por qué se mantiene en una institución que lo ha llevado a mentir y engañar, y hasta sentirse cómplice de un asesinato?

El señor Warner se acomodó en su silla antes de contestar. Eran varias preguntas, y buscaba la forma de dar una respuesta concreta, que le diera a su confesor una idea completa acerca de su persona y de los motivos que había tenido para seguir soportando una situación como la que acababa de describir.

—Soy Contador. Mi padre tenía acciones en una empresa naviera y en un banco, por eso pudo pagarme los estudios sin dificultad. Cuando murió, liquidé los asuntos con la naviera y me hice uno de los socios principales del banco. Tenía los conocimientos teóricos y mi padre me había transmitido gran parte de su experiencia. No me fue difícil abrirme paso. Sin embargo, hay muchas cosas que se aprenden con la práctica, y una de ellas es que no se puede confiar en nadie, ni siquiera en los propios integrantes de tu sociedad de negocios. A pesar de que soy el principal accionista, resulta que una parte de mi capital se debe a la extorsión a un cliente de otro banco, que por una de esas coincidencias de la vida tenía negocios a su vez con uno de mis socios. Es decir, que sin saberlo, afecté a ese socio. El nunca lo ha sabido; pero otro de los socios lo supo, no me explico como obtuvo esa información; y la utiliza, entre otras cosas, para impedir que yo rompa con la sociedad, hecho que le afectaría por ser él uno de los accionistas más pequeños.

—¿Hay alguna manera de librarse de él?
—No que yo conozca.
—¿Y si le dijera toda la verdad a ese socio que fue afectado?, ¿puede usted indemnizarlo?

El señor Warner reinició su paseo por la habitación. El padre Antonio pensaba que quizás no había analizado esa opción.

—También pensé en eso—dijo Warner—, pero ese socio odiaba a mi padre por razones personales, eso lo convierte en un enemigo potencial muy peligroso. Nada le haría pensar en la posibilidad de que no hubo intención en mi actuar. Además, yo extorsioné a un amigo suyo, no sólo a uno de sus socios.

—Lo entiendo—dijo el padre.

Como sacerdote experimentado en los avatares de la confesión se daba cuenta de que su hermano Warner se encontraba en una encrucijada. No obstante, había dado el primer paso: buscar ayuda, al exponer su situación ante una persona que sabía guardar secretos y con la cual no estaba comprometido por ninguna razón.

—Bien—dijo el padre Antonio—, después podremos pensar en alguna solución. Pero, por favor, continúe.

Warner se sentó de nuevo. Sentía calor a pesar de la época del año en que se encontraban.

—¿Puedo quitarme el saco?—preguntó.
—Claro hombre, puede ponerse cómodo.

Warner colocó el saco en el espaldar de su silla y estiró un poco sus piernas. Otra vez respiró hondo. Ahora tenía la necesidad de decirlo todo, a pesar de la repulsión que sentía por su propia persona.

—También he consentido en guardar dinero proveniente de negocios turbios, que después hemos donado a sociedades benéficas y hospitales, a nombre del Banco y también a nombre de los dueños de esas cuentas. De hecho hemos aceptado sobornos de esas personas para darles a ellas, y a nosotros, una imagen que no es real.

—Desgraciadamente, eso sucede en muchas otras instituciones, amigo Warner.

—Lo sé, pero eso no significa que sea lo correcto. Además, al final eso nos obliga a aceptar cosas peores.

—¿Y tiene una idea de lo que puede hacer al respecto?—preguntó el padre Antonio.

Warner se encogió de hombros.

—No sé que puedo hacer. Me siento atado de pies y manos.

El padre Antonio se irguió y se acercó a Warner. Lo miró compasivamente; después le puso la mano derecha sobre la espalda y le hizo una propuesta:

—Hermano Warner, ¿quiere salir conmigo al patio?, es hora de que se tome un descanso y observe la mañana en este lugar, le aseguro que es muy hermosa, a pesar de que estamos en otoño.

El señor Warner no podía negarse. Notaba además, que ya no se le trataba de señor, y que su confesor no quería que se sintiera presionado, y le concedía más tiempo para que pudiera pensar y buscar una solución por sí mismo a todos sus problemas.

El padre Antonio abrió una pequeña puerta cerca de la ventana, e invitó a Warner a salir al mismo patio donde se habían encontrado. Una vez afuera, vieron a un hombre de baja estatura, vestido con un tabardo gris con capucha, que pasaba, ensimismado, con un rosario entre sus manos.

—Hermano Bartolomé—le dijo cariñosamente Antonio—, ¿podría traernos dos tazas de té?

El hombre se detuvo, mostró unos ojos grises que dejaban traslucir un alma encantadora, inclinó la cabeza y se retiró.

El señor Warner se quedó observándolo mientras se alejaba. No preguntó nada, pero se notaba que había quedado impresionado, sin que pudiera explicarse la causa.

—Ha hecho votos de silencio—explicó el padre Antonio—, y sólo se dedica a orar. A veces le pedimos algo para ver su rostro y siempre nos sucede lo que acaba de sucederle a usted. Puede estar seguro de que él hace mucho más que nosotros por la salvación del hombre, y de que habla cada día con el Señor. Por eso su rostro tiene esa atracción incomprensible, de la que nadie puede sustraerse.

Se acercaron a una acacia que crecía cerca de uno de los ángulos del extenso terreno interior. Antonio observaba a Warner de reojo. No era su intención impresionarlo, pero como el hermano Bartolomé casi siempre estaba por allí durante el día, y Warner necesitaba estar sereno para continuar, había decidido interrumpir sus oraciones para que le prestara su silenciosa ayuda.

—¿Es Bartolomé un sacerdote?—preguntó Warner.
—No—respondió Antonio—es un monje más de nuestra congregación. Una mañana se presentó ante el jefe de la misma y le dijo que haría votos de silencio, para dedicarse sólo a la oración.
—Parece un hombre joven, ¿estará así el resto de su vida?

La pregunta de Warner indicaba que aquel rostro había tocado las cuerdas de su sensibilidad, y al mismo tiempo, su falta de comprensión acerca de qué es la vida para un hombre dedicado al servicio divino.

—Depende de qué entiende usted por vida. Si es la vida de la carne, sí, estará así por el resto de su vida. Mas si es la vida como nosotros la entendemos, estará así una parte muy pequeña de su existencia, y es muy probable que después esté en la presencia del Señor por toda la eternidad.

El hermano Bartolomé se acercaba ya con una bandeja y tres tazas de té. La colocó junto a la acacia y se arrodilló a orar.

El padre Antonio le indicó a Warner que se sentara en el suelo y esperara a que el hermano Bartolomé terminara la oración, lo que no tomó más de un minuto. Luego éste alcanzó las tazas a Warner y Antonio y comenzó a beber muy despacio.

El té estaba delicioso, y Warner lo saboreaba mientras observaba con detenimiento al hermano Bartolomé. Cuando todos terminaron éste volvió a orar. Después, tomó en sus manos las de Warner y las sostuvo durante largo rato. Miraba al visitante con una ternura que sólo los padres pueden mostrar a sus hijos enfermos. Después, pareció que entristecía, pues el gris de sus ojos era más oscuro; luego su faz dio muestras de firmeza, de decisión; y finalmente, pareció que abrazaba amorosamente a un hermano, al tiempo que el gris del iris se aclaraba hasta casi convertirse en azul muy claro.

Nunca antes el señor Warner había visto semejante capacidad de expresión en un rostro humano. Nunca le habían dicho tantas cosas en una sola mirada. Su asombro era tal que no podía apartar la vista del hermano Bartolomé, quien se despedía ya del padre Antonio, después de tomarle también las manos unos instantes.

Warner miró al padre Antonio, que no porque conociera al hermano Bartolomé estaba menos impresionado, y sin poderlo impedir, comenzó a llorar. Lloraba sin temor, como si el dolor escapara a través de sus lágrimas.

Bartolomé se retiró con la bandeja y Antonio guardó silencio respetuoso ante el llanto de su amigo.

No volvieron a ver a Bartolomé.

Después de unos minutos, Warner dejó de llorar. Quedó pensativo, con la cabeza gacha y los codos apoyados sobre las rodillas. Inexplicablemente, su mente estaba despejada y su cuerpo parecía haber perdido aquel peso enorme, acumulado durante años.

El padre Antonio esperó pacientemente a que Warner decidiera continuar. Había pasado por una experiencia sorprendente, única para un hombre que había estado la mayor parte de su vida material lejos de Dios, incluso lejos de los hombres. Necesitaba asimilar todo lo que había vivido durante aquel día, pues no era nada parecido a lo que estaba acostumbrado a ver.

Después de unos minutos más de meditación, Warner decidió ponerse de pie y continuar la confesión. No había determinado qué hacer aún con los asuntos que ya conocía su confesor; pero era más importante exponerlo todo y luego resolver qué hacer.

—Tengo otros asuntos que me preocupan en el Banco—dijo Warner al tiempo que reiniciaba la caminata—. Entre ellos está el caso de uno de los miembros de la Directiva, que se dedicaba a espiarme. Tengo en mi poder la grabación que me facilitó uno de los abogados, para el caso de que yo quisiera deshacerme de él.

El padre Antonio solamente escuchaba.

—Hay también una secretaria que ha demandado a otro de los directivos por acoso sexual. Hemos intentado sobornarla, pero se niega a llegar a un acuerdo, por lo que en cualquier momento nos veremos envueltos en un escándalo.

—Hermano Warner—dijo el padre Antonio—, quiero que mire a su alrededor, que observe el cielo, la naturaleza que nos rodea, y que se haga esta pregunta: ¿vale la pena dejar todo lo hermoso que Dios nos ha dado y nos da cada día por todo el oro del mundo?

Warner no respondió.

—¿Tiene amigos, hermano Warner?
—Si, me quedan algunos vivos.
—¿Desde cuándo no los ve ni conversa con ellos?
—Hace mucho tiempo—admitió el aludido.
—¿Nunca ha sentido la necesidad de verlos de nuevo?

—Sí, pero el tiempo es poco. Mi trabajo no me permite muchas libertades.

El padre Antonio pasó su brazo derecho sobre los hombros de Warner.

—Hermano Warner. El pastor cuida a sus ovejas mientras pastan. Regresa a su casa por la tarde, abraza a sus hijos y a su esposa, y después de cenar va a saludar a sus amigos para saber cómo les fue durante la faena del día, luego va a descansar y de esa forma puede recuperarse para reiniciar su labor al día siguiente. No sólo se fortalece con el alimento y el descanso, también se reconforta con el abrazo de sus hijos y de su esposa, y con las palabras de sus amigos. El pastor tiene un trabajo.

Warner escuchaba con atención.

—El obrero va a su fábrica por la mañana. Hombre y máquina se funden en uno solo para confeccionar muchos zapatos. Después de terminada su faena, quizás se tome una cerveza o un café con sus amigos, para luego dirigirse a su casa, a recibir el abrazo de sus familiares, comer y descansar. Ese obrero tiene un trabajo.
—Tanto él como el pastor producen para ellos y para los demás; pero el contacto sano con los que les rodean los hace dar cosas útiles a la sociedad. Puede parecer algo simple y muy aburrido, mas en ello está la sabiduría del Señor, porque ellos son felices; en cambio, usted es prisionero de su trabajo y de todas esas cosas tenebrosas que produce el mismo.

—Hermano Warner, ¿no ha pensado en cambiar de trabajo?
—Si, lo he pensado varias veces, pero ¿cómo?
—¿No hay manera de zafarse legalmente?—preguntó el padre Antonio.
—No—respondió Warner—, estoy demasiado comprometido.

Continuaban caminando despacio, el brazo derecho de Antonio seguía sobre los hombros de Warner.

—Entonces no cree que tenga posibilidades de resolver sus problemas de forma definitiva—aclaró el padre Antonio—. Más bien lo que necesita es ser exonerado de los pecados acumulados, para regresar más despejado a su trabajo, y quizás después, dentro de unos años, volver aquí o a otro lugar, confesarse, y así sucesivamente.

Warner lo miró de soslayo, luego dijo:

—Usted no me daría esa solución si supiera qué es lo que busco. Además, eso sería como si me complaciera a mí mismo.

El padre esbozó una leve sonrisa y cambió el tema de la conversación al preguntarle:

—¿Tiene familia, hermano Warner?

Esta vez Warner se demoró en contestar. Evidentemente era un asunto delicado para él. Apretó los labios y después dejó vagar la mirada, para finalmente dirigir la vista hacia su confesor.

—Sí, tengo familia. Lamento decir que no como la del pastor o el obrero que usted mencionaba hace un rato.
—¿Por qué?
—Porque siento que está vacía, y creo que a mi esposa y a mi hijo les sucede lo mismo.
—¿Viven juntos?
—Tenemos una casa, pero no se le puede llamar un hogar. Mi esposa y yo apenas nos vemos.
—¿Y su hijo?

Johan Warner palideció. Tragó en seco y luego respiró profundamente.

—Hace tres años, después que terminó sus estudios de medicina, se marchó a trabajar a Francia.

—¿Una buena propuesta de trabajo?

Warner negó ligeramente con la cabeza.

—Creo que me odia.

El padre Antonio hizo un gesto con las manos indicando que no comprendía e invitando a Warner a explicar los detalles.

—Conoce cómo funciona el banco. Le he explicado varias veces lo que hacemos y la forma en que lo hacemos. Creí que lo preparaba para las dificultades que se le presentarán en la vida, pero me equivoqué. El tiene un concepto muy claro de la ética y de la honestidad, por eso considero que se ha alejado, para no contaminarse.

—¿Se comunica él con su esposa?

—Sí, mantienen contacto a menudo. Es a través de ella que tengo noticias suyas.

—¿Sabe cómo le va?

—Le va muy bien, padre Antonio, le va muy bien. Por eso lo envidio, aunque estoy muy contento de que salga a flote con la verdad.

El padre Antonio miró directo a Warner.

—La verdad nos hará libres, hermano, ¿lo duda?

Warner sostuvo la intensa mirada de su confesor, antes de decir lo que pensaba.

—No tengo dudas al respecto, padre. Si las tuviera, no habría venido.

—Me alegra saberlo.

Dieron la vuelta a uno de los árboles que se alzaban en el patio y regresaron a la pequeña oficina donde había comenzado la conversación. Una vez dentro y sentados, el padre preguntó:

—¿Qué puede decirme de su esposa?, ¿es bonita?

Warner sonrió.

—Sí, es una de las mujeres más hermosas que he conocido.
—¿Existe aún amor entre ustedes?
—La he amado siempre. Pero nunca la he escuchado en realidad. Es por eso que hace varios años estamos distanciados. Es una gran mujer. Otra ya se habría marchado.
—¿Cree usted que la ate todavía el amor?
—Eso creo, ¿qué otra cosa si no? Es mucho más rica que yo, y su familia lo es aún más, así que no necesita de mí en el plano económico.

El padre Antonio lo observaba y escuchaba con atención. Razonaba siempre lo que le decían las personas que venían a confesarse, buscando de antemano la verdad, y sólo después realizaba las preguntas, para confirmar lo que ya suponía. Eso le permitía llevar la conversación de forma tal que en ocasiones lograba que los mismos interesados encontraran la solución. Nunca había impuesto plegarias ni penitencias.

—¿Podría decirme cómo se conocieron? Espero que lo recuerde.
—Seguro. Estudiábamos en el pre-universitario. Era la más hermosa, aunque había otras más provocativas. Es decir, menos serias. Casi todos temíamos acercarnos a ella, pues sabíamos que era muy rica, que no podríamos llenar sus expectativas.
—Pero—dijo el padre Antonio con tono significativo.
—Pero para suerte mía me di cuenta de que ella no me miraba como a los demás, sino que lo hacía de manera muy diferente, y que se las agenciaba para que nadie que no fuera yo mismo se diera cuenta de ello. Fue muy hermoso. No creo que tenga

muchos recuerdos como los de esos años. Prácticamente las clases se convirtieron en la justificación para verla, jamás fui tan puntual como en esa época. Ella me aceptó en el momento adecuado, diría que me fue llevando de la mano todo el tiempo, y a pesar de que hubo algunas dificultades con su familia, ella los convenció, y todo se resolvió de la mejor manera. Cuando nos casamos, viajamos por toda Europa, conocimos a muchísimas personas interesantes; en todos los lugares se abrían las puertas, y no precisamente por su riqueza material, sino por su personalidad. Tenía una forma tan tierna de pedir las cosas que era sencillamente imposible resistirse a sus deseos.

—Puedo deducir entonces que es una magnífica persona en todos los aspectos—dijo el padre Antonio a manera de conclusión.
—Sin duda alguna—aseguró Warner—. Aquí el villano soy yo.

El padre Antonio cruzó los brazos sobre el pecho y sonrió.

—Un agónico villano, diría yo, pues con una mujer semejante, tiene todos los atributos necesarios para dejar de serlo. Por otra parte, ya dio el primer paso, que es el más difícil, hermano Warner.

Warner se levantó para cambiar la posición de la silla. Ahora se sentó al revés, con el espaldar delante de él, para apoyar sus codos sobre el mismo.

—¿Qué puedo hacer, padre, para recuperar a mi familia?

El padre Antonio movió la cabeza dubitativamente. No era dado a dar consejos específicos sobre un asunto. Solamente se atrevía a sugerir una línea de conducta, pues confiaba en que si las personas la mantenían, podrían encontrar por si mismas las soluciones a sus problemas. Pero sospechaba que el hecho de que la esposa de Warner era muy rica, quizás hubiese podido contribuir a que éste ansiara subir escalones en la sociedad, buscando equipararse al nivel de ella.

—Hermano Warner—dijo al tiempo que cambiaba también la posición del espaldar de su silla para que quedara frente a él—, sabe usted que no se puede servir a dos señores, ¿cierto?

Warner asintió con un gesto.

—Y debe saber que su esposa no lo escogió por su riqueza precisamente.

—Lo sé. Ella tenía muchas opciones mejores.
—Entonces, debe confiarle sus problemas. Puede estar convencido de que ella lo apoyará. No debe temer a que lo rechace porque quede en la ruina o porque tenga amigos fuera de su círculo de socios. No tema perderla, porque entonces la perderá. Todo lo que ha hecho hasta ahora lo lleva en esa dirección. Cambie de dirección hermano Warner, o puede ser que pierda ambas cosas.

Warner negó ligeramente con la cabeza. Luego dijo:

—No sé cómo hacerlo, padre.
—Si hace la elección correcta, encontrará la solución.

Warner se veía inseguro. Las ataduras materiales inmovilizaban su iniciativa. El padre Antonio lo sabía ya; mas no quería decirlo abiertamente. Confiaba en que su hermano lo reconociera y actuara en consecuencia. Esperó durante cinco largos minutos, pero no resultó. Entonces le hizo una sugerencia que pondría a su amigo en una especie de encrucijada, en la que estaría obligado a tomar una determinación.

—Hermano Warner, debería usted cambiar el círculo de sus amistades, debería dejar a un lado algunas cosas que le parecen imprescindibles y que constituyen un enorme peso, que puede inclinar la balanza hacia el lado más peligroso. Sería bueno que saliera a la calle despojado de su traje de banquero, que conociera a la gente. Se asombrará de lo que puede aprender de un niño, de un anciano indigente, de un desempleado o de un taxista. Hasta la limosna se puede pedir dignamente, porque es una invitación del Señor a que demos algo de nosotros a los demás, a que cambiemos, y también a que seamos humildes.

Warner escuchaba con atención.

—Por otro lado, para Dios no existen los estratos sociales, son una invención del hombre para creerse superior en algo a los demás. En el amor tampoco se miran esas diferencias. Por tanto, haga el sacrificio por las cosas que son verdaderamente importantes. De lo contrario, se convertirá en un hombre solitario, vivirá presa del temor, y no tendrá salvación.

—¿Cómo recuperaré a mi hijo?—preguntó Warner.
—¿Cómo recuperará él al padre que debe tener?—preguntó a su vez Antonio.
—"Yo hablo a mis ovejas y ellas reconocen mi voz"—dijo el padre Antonio citando los evangelios—, pero usted, amigo mío, le habló a su hijo de una manera que fue imposible para él reconocer su voz, y por eso se alejó.

Warner volvió a quedar en silencio. Analizaba los pormenores de la sugerencia del padre y trataba de encontrar el camino en medio de todas sus preocupaciones. Sin embargo, se notaba que no estaba decidido aún.

El padre Antonio confiaba en que Warner pudiera salir del atolladero en que se encontraba, por eso no insistía demasiado en proponerle una solución. Sabía por experiencia que cuando la decisión se tomaba por el mismo interesado era el resultado de haberse confesado con su propia verdad, y de haber determinado volver al camino correcto, sin importar para nada las consecuencias, ni los criterios de ninguna persona. Pero mientras el miedo lo acompañara, seguiría siendo esclavo de todos los patrones de conducta e imagen por los que había luchado durante su vida, y no podría escapar de ellos. Por tales razones, el padre buscó darle otro giro a la conversación.

—Si buscara a todos sus amigos a través de la verdad, ¿cuántos cree que podrá encontrar?

—Muy pocos, creo, o quizás ninguno—respondió Warner.

—Estoy seguro de que al menos uno encontrará, y ése es su hijo—afirmó el padre Antonio—, porque es el único que le ha mostrado su desacuerdo con la vida que usted ha llevado. El no está dispuesto a apoyarlo en algo que le quitará a su padre, el que lo mimó y protegió en la infancia, y que puede, y debe ser, su mejor amigo en el futuro.

Warner bajó la cabeza mientras apretaba sus mandíbulas. Por su mente pasaron las imágenes de lo vivido junto a su hijo, desde su nacimiento hasta que se convirtiera en un joven. No vio en ellas la más mínima sombra de temor, inseguridad o reproche. Todas esas imágenes estaban ligadas siempre a las de su esposa; y comprendió entonces que ella era precisamente su sostén en la vida, porque con su fortaleza había sabido dirigir la barca en medio de la tormenta, a pesar de todo lo sufrido en esos años en que su trabajo, con el que pensaba retenerla a su lado, lo había alejado hasta el punto en que corría el riesgo de perder a quienes más amaba y necesitaba.

No recordaba cuándo había decidido buscar una persona que le pudiera dar una luz para guiarse en medio de toda su confusión. Pero no olvidaba el rostro de aquel sacerdote, que al tiempo que limpiaba una pequeña escultura de San Judas Tadeo, le recomendaba recorrer cientos de kilómetros para confesarse con el padre Antonio. Casi no lo había mirado, mas se había percatado de los serios problemas que confrontaba con sólo una ojeada y cinco minutos de conversación. No tenía idea de cómo podría agradecer tal gentileza, ni todos los momentos vividos durante aquellas pocas horas en el monasterio.

Cuando levantó la cabeza el padre Antonio no se encontraba en la habitación. Se puso en pie y se asomó por la ventana, luego salió al patio recorrido media hora antes, pero tampoco vio al padre. Regresó y echó un vistazo a la oficina, revisó algunos de los libros alineados en los estantes, pero casi todos versaban sobre la vida de hombres y mujeres santificados por la Iglesia y no le resultaban interesantes esos ejemplos. Sin embargo, observó una hoja amarillenta, que parecía desprendida de algún libro, y con una sola frase escrita: "podrás cambiar el mundo si eres capaz de cambiar tú".

Se quedó mirando fijamente la pequeña hoja de papel, que podría ser de cualquiera de los pequeños libros que allí se encontraban, cuando escuchó la voz del padre Antonio a sus espaldas.

—¿Ha encontrado algo interesante?

Warner se volvió despacio. Meditaba todavía sobre el contenido de la frase, que parecía haber caído casualmente en sus manos, y que tanto tenía que ver con su propia vida.

El padre Antonio lo observaba mientras se sentaba nuevamente frente a él y le alargaba un pequeño bocadillo envuelto en una servilleta.

—Coma, hermano, ya es mediodía.

Warner estaba demasiado preocupado como para pensar en comida. No obstante, aceptó la invitación del padre, quien también había traído dos botellas de refresco.

Comieron en silencio. Cuando hubieron terminado, el padre Antonio apartó las botellas y recostándose en su silla, repitió su pregunta:

—¿Encontró algo interesante, o sólo se dedicaba a deshojar mis libros?

—Sólo encontré esto—dijo Warner mostrándole la amarillenta hoja.

El padre tomó la hoja y leyó la frase escrita. Luego preguntó:

—¿La encontró por casualidad o después que la leyó la tomó para guardarla?
—La encontré desprendida entre los libros—respondió Warner.
—¿Le dice algo esa frase?
—Sí, aunque yo no aspiro a tanto como "cambiar el mundo"—dijo Warner.
—Si un hombre puede cambiar para su propio bien, eso puede significar que muchos de los que le rodean podrían ser mejores mañana, y eso pudiera cambiar el mundo en el futuro—explicó el padre.
—Todos estamos ligados de alguna manera, amigo Warner, y si usted logra mejorar su vida, se sentirá más feliz, los que le rodean serán también más felices; y si eso mismo sucediera con otras muchas personas, el mundo pudiera cambiar, no lo dude.
—Sí—dijo Warner asintiendo con la cabeza—, esa es la esperanza de muchos hombres, pero hay demasiados conflictos hoy en día. Míreme a mí, tratando de resolver mis pequeños problemas, mientras otros se mueren de hambre y miseria.

El padre Antonio hizo un leve gesto con su mano derecha indicando que no estaba de acuerdo con él.

—No amigo, no vea sus problemas desde el punto de vista matemático. No porque haya millones de hambrientos en el mundo sus asuntos son menos importantes para el Señor. Esos asuntos aparentemente pequeños, si no se resuelven, podrían convertirse en otros millones de personas infelices.

Warner guardó silencio unos minutos mientras meditaba. ¿Quería el padre Antonio que sintiera que era importante para Dios o ésa era la verdad?

—Hermano Warner, todos somos importantes para Dios, cada uno de nosotros es en verdad muy importante para nuestro Señor—dijo de manera muy significativa el padre Antonio, como si hubiera podido leer sus pensamientos—. Fue por eso que envió a su hijo a dar esperanza a todos los que vivían sin ella, y por ello sufrió el martirio de la cruz. No existe mejor prueba que ésa para los que no sienten la necesidad de acercarse a Dios, o para los que piensan que no son dignos de que éste les dedique un pensamiento.

Warner continuaba en silencio. Observaba al padre con respeto y admiración. Veía en él a un hombre práctico, pero de profundas convicciones cristianas, pues tenía la seguridad de que el hombre podía salvarse, de que no había males incurables, ni abismos insalvables para Dios; y empezó a comprender que había dejado muchas cosas para después cuando las debía concebir para el presente; que hacía sufrir a los que verdaderamente le amaban por alcanzar lo que ya tenía hacía muchos años; y que estaba a punto de perder lo más importante: el amor.

Tomó la hoja de papel que estaba sobre la mesa, y levantándose de la silla, la colocó entre los libros de donde la había sacado momentos antes. Recorrió nuevamente la habitación con las manos cruzadas en la espalda y se detuvo frente a la ventana.

El padre Antonio esperaba.

—Hay una cosa más—dijo Warner volviéndose hacia su confesor.
—Le escucho.
—Mi madre murió en un hogar para ancianos en el sur de Alemania. A pesar de que mi esposa y mi hijo insistieron en que no debía dejarla en un lugar así, yo siempre creí que allí estaría mucho mejor. Pero en realidad me asustaba la idea de que las

personas que me visitaban pudieran verla en el estado en que pasó sus últimos años. A ella no le gustaba aquel hogar, pero le hizo jurar a mi hijo que nunca me lo diría mientras ella viviera. No quería verme preocupado, y siempre estaba alegre durante las pocas ocasiones en las que la visité.

Se detuvo unos instantes, y respiró profundamente antes de continuar.

—Nunca me dio a entender que sufría por estar alejada de sus seres queridos y de su casa. Siempre me recibía con una sonrisa. Los médicos y las enfermeras que la atendían jamás me dieron una queja. Al contrario, estaban muy contentos por su cooperación. Sin embargo, ahora me doy cuenta de que no debí dejarla allí, sé que ella jamás lo hubiera hecho conmigo, que no hubiese permitido que uno de los suyos pasara sus últimos días entre extraños. Murió quizás pidiéndole a Dios que uno de nosotros estuviera a su lado.

Capítulo II

ARREPENTIMIENTO Y ABSOLUCIÓN

El padre Antonio observaba la elevada silueta de su amigo, mientras éste continuaba parado frente a la ventana, observando el cielo azul-gris y preguntándose cómo era posible que hubiese tomado tal decisión con relación a su madre, si no le fueron dados ejemplos negativos por sus padres, quienes siempre le brindaron su protección en la infancia y durante toda su vida.

Después de varios minutos de meditación, Warner se volvió hacia el padre Antonio y le preguntó:

—¿Podrá Dios perdonarme por todo lo que he hecho?
—¿Tiene alguna duda?
—Sí, siempre la he tenido. De hecho ha sido una de las causas por las cuales me he demorado más en acudir a un sacerdote.
—Hermano Warner, ¿cree en realidad que Dios es omnipresente y omnipotente?
—Sí, lo creo, pero se trata de que usted puede darme la absolución ahora, sin embargo, el Señor se reserva el derecho de juzgarme al final.
—Por eso es Dios—afirmó Antonio.

—¿Por qué crees que el Señor te reservará un castigo para el día del juicio?—preguntó el padre Antonio—¿no te parece suficiente con los momentos desagradables que has vivido hasta hoy?; ¿crees que él no lo sabe?

Warner respondió con otra pregunta:

—¿Cómo imagina usted ese momento en el que Dios nos juzgará?
—No conozco los detalles. Ni siquiera en mi imaginación he podido representarme completamente ese momento; pero estoy seguro de que será el más sublime de mi existencia, porque será el encuentro con el amor, con la paz, con la amistad, con la verdad. Esas son las cosas más preciadas para un hombre, y allí las tendremos por toda la eternidad. Ese no es el día del castigo. Sólo nosotros, los hombres, somos capaces de castigar y de castigarnos a nosotros mismos. El único castigo será para los incrédulos, quienes no tendrán entrada en el cielo, porque no lo han querido.

Warner recorrió otra vez la habitación mientras meditaba. Muchas veces se había preguntado si Dios detendría el tiempo para poder juzgar a toda la humanidad, o si se apoyaría en los patriarcas y apóstoles para hacerlo. No lo comprendía porque su cerebro funcionaba en una dimensión humana.

El padre Antonio trató de darle un último impulso.

—¿A qué le temes, hermano Warner?, ¿por qué te resistes a pedirle perdón al Señor si con tu conducta ya lo has hecho?

Warner se detuvo y miró al padre.

—No temo pedirle perdón a Dios, y además, espero que él esté dispuesto a perdonarme. A lo que realmente le temo es a no poder cambiar mi vida. Sé que en este momento puedo salvarme definitivamente; pero también sé que puedo destruir mi vida para siempre, y destruir la vida de los que me aman. Estoy tratando de tomar una decisión, padre Antonio, una decisión que me saque de la prisión en que vivo, y que me convierta en otro hombre.

—¡Cómo quisiera ser como el hermano Bartolomé!—exclamó Warner—. El es un hombre completamente feliz y puede hacer feliz a cualquiera solamente con mirarlo, sin que medien las palabras.
—Estás hecho del mismo material, hermano Warner. Sólo falta que te quites las ataduras de este mundo.

El padre Antonio se percató de que su hermano estaba a punto de decidirse. Entonces, pidió a Dios en silencio que iluminara el camino de aquel hijo suyo que intentaba liberarse de sus propios prejuicios para convertirse en un hombre nuevo.

En ese momento Warner salió de la habitación dirigiéndose hacia el patio que habían recorrido ambos durante la mañana. Necesitaba aire, ver el cielo sobre su cabeza, porque le parecía que su cerebro estaba bloqueado, imposibilitado de razonar.

El padre Antonio se quedó sentado. No miró hacia donde se dirigía Warner. Confiaba en que éste tomara una decisión acertada sin más ayuda de su parte.

Warner caminaba por el césped dando zancadas. No miraba a ninguna parte, pues solamente quería estar en un espacio abierto donde pudiera respirar sin mirar el rostro de su confesor, su expresión pacífica, ecuánime, pues le parecía un ángel del Señor que, sin acusarlo directamente, lo consideraba un hombre inseguro, que se aferraba a sus pecados, a su vida llena de comodidades y lujos, a su ambiente alejado de Dios. Mientras caminaba, veía en su imaginación el rostro sereno y bondadoso del hermano Bartolomé, y se preguntaba por qué no habría venido antes a aquel lugar. Estaba seguro de que si hubiese podido ver aquella expresión divina en la cara de un hombre nunca se habría separado del camino verdadero.

Después de varios minutos recorriendo aquel rectángulo verde pudo respirar más aliviado. Le parecía que llevaba una eternidad dentro del recinto, y sin embargo, no había logrado la paz que tanto necesitaba. Se sentó en la hierba y luego se recostó sosteniendo la cabeza entre sus manos. Miró al cielo gris tratando de no pensar en nada. Las nubes oscuras pasaban lenta y continuamente hacia el sur. La suave brisa dejaba oír un leve silbido, apenas perceptible. No se movió durante casi media hora. Los latidos de su corazón fueron disminuyendo la intensidad y su respiración se hizo más acompasada. ¿Era aquello la paz?, ¿contemplar el mundo natural olvidándose de todo lo demás era el medio adecuado?, ¿qué debía hacer?, ¿cómo olvidarse de todo lo que era y de todas sus obligaciones? Convertirse en un hombre sencillo no resultaba nada fácil para él. Incluso podría costarle muy caro si se desentendiera de todo cuanto le rodeaba en relación con su trabajo y la sociedad a la que pertenecía. ¿Valdría la pena arriesgar todo eso por recuperar a su familia? Sabía que lo segundo era más importante; pero lo primero era el sostén económico; ¿qué sucedería si faltaba? Conocía que su hijo podía ya mantenerse solo, y estaba seguro de que su esposa no le reprocharía nada, ¿y los padres de ella cómo reaccionarían?

Cerró los ojos durante cinco minutos para contemplar la cara de su esposa. Poco a poco fue observando todos sus detalles, desde las cejas hasta el mentón, todo ello rodeado por un cabello que mantenía su brillo y frescura natural, como si el tiempo no hubiera pasado. Milagrosamente, comenzó a sentir que ella le trasmitía su serenidad, su seguridad, su fuerza interior, invisible para los que no la conocían, y se dio cuenta de que la necesitaba más que nunca, pues en ella se resumía toda su vida.

Se levantó y con paso decidido regresó a la habitación. El padre Antonio seguía sentado en la misma posición. No se volvió para verlo llegar, a pesar de que escuchó claramente sus pasos. Se sentó frente a su confesor y lo miró directamente a los ojos.

El padre Antonio vio que era otro señor Warner el que se encontraba frente a él en ese momento, pero esperó sin inmutarse.

—Quiero que Dios me perdone por todas las faltas que he cometido y le he contado, y por las que hubiera podido olvidar.

El padre Antonio buscó en una gaveta su estola, se la colocó alrededor de su cuello y dijo las palabras rituales para realizar la absolución, luego agregó:

—Eres libre hermano Warner. Puedes marcharte.
—¿No me preguntará qué es lo que haré?
—No. Espero que hayas tomado una sabia decisión.
—¿Cómo puede estar tan seguro?
—Tengo fé en que así sea. Usted lo llamaría intuición.

Se miraron mutuamente. Fue una larga mirada. Luego Warner recogió su saco y colocándoselo sobre los hombros, dijo:

—Me marcho entonces, padre Antonio. Ha sido muy amable. Gracias por todo.
—Lo acompaño hasta la salida—dijo Antonio.

Salieron directamente por el patio, lo atravesaron y llegaron hasta la puerta de salida del monasterio. Bajo unos álamos se encontraba el automóvil de Warner. Hasta allí lo acompañó el padre Antonio, que luego de un fuerte estrechón de manos, lo vio partir. Eran las 5 de la tarde.

Capítulo III

EL HIJO

Durante una semana el padre Antonio continuó su vida en el monasterio. Cumplía con sus obligaciones y los horarios de rutina: los de alimentación y los de oraciones, así como los de aseo personal y limpieza de las habitaciones y las áreas verdes. En sus ratos libres podía tomar algunas horas para recorrer las afueras y dedicarse a la lectura.

Al regreso de uno de esos ratos libres, uno de los monjes lo esperaba con una nota en sus manos.

—Padre Antonio, se recibió esta solicitud para una confesión. Es para mañana.

El padre Antonio leyó el nombre del solicitante: Robert Johan Warner. Le eran familiares el segundo nombre y el apellido, pero no se adelantó a sacar conclusiones. Podría ser una simple coincidencia.

A la mañana siguiente, esperó en la misma puerta del monasterio media hora antes de lo previsto.

Casi a las nueve en punto de la mañana llegó un automóvil idéntico al del señor Warner. Se bajó un joven alto y bien parecido, pero con un rostro distinto al del señor Warner.

—Buen día, señor. Mi nombre es Robert Johan Warner y tengo cita con un sacerdote llamado Antonio, ¿puede llevarme con él?
—Sea bienvenido. Soy Antonio.

El visitante pareció un poco sorprendido. Luego explicó:

—Soy el hijo de Johan Warner. Fue mi padre quien me recomendó que viniera a verlo.
—Debo presumir entonces que sus asuntos marchan mejor—afirmó el padre Antonio.
—Mucho mejor—aseguró Robert—. En realidad mi madre y yo estamos sorprendidos con todo lo que ha hecho en esta semana.

El padre Antonio levantó las cejas significativamente.

—No tiene por qué asombrarse. Lo que ha hecho mi padre se lo debe, o mejor dicho, se lo debemos a usted.

Antonio movió sus manos dando a entender que no comprendía del todo.

Pero por toda respuesta Robert pasó su brazo derecho sobre los hombros del sacerdote y le dijo:

—Se lo explicaré después que me confiese—dijo Robert esbozando una leve sonrisa.

Recorrieron el patio y entraron directamente a la habitación donde Antonio acostumbraba a escuchar las confesiones. El padre señaló una de las sillas y Robert la ocupó sin dilación.

—¿Desea tomar algo?—preguntó Antonio—, no sé si ya ha desayunado.
—Sí, ya desayuné. Por primera vez en muchos años me senté a la mesa con mis padres y desayunamos en armonía.

Antonio comenzaba a comprender que el Warner padre había tomado el camino correcto. No obstante, no se precipitó, sino que esperó a que el hijo decidiera decirlo en su momento.

—Y bien—dijo entonces el padre Antonio—. Lo escucho.

Robert Warner se acomodó en la silla. Después se inclinó hacia delante apoyando los codos sobre las rodillas y cruzando las manos. Era notable que a pesar de que tenía referencias sobre el sacerdote que estaba frente a él, le era difícil comenzar.

—¿Hace mucho que no se confiesa?—preguntó entonces Antonio.
—Hace más de 10 años, creo. Demoré tanto quizás porque tenía vergüenza de sentir lo que he sentido durante estos años.
—Sentir vergüenza es el primer síntoma de que reconocemos nuestros errores—aclaró Antonio.
—Pero no es arrepentimicnto—objetó Robert.

Era directo, como su padre. Eso le agradaba, porque facilitaba la comunicación. Además, era una clara señal de que su interlocutor, a pesar de su juventud, sabía discernir entre el bien y el mal.

—Hace ya unos tres años que me fui a vivir a Francia. Tenía una buena propuesta de trabajo; pero sobre todo, quería estar lejos de mi padre. El me contó muchas cosas que sucedían en la sociedad de la que era accionista, fue entonces que supe que estaba involucrado en asuntos muy sucios, que nada tenían que ver con lo que él mismo y mi madre me habían enseñado.

—Le dijo la verdad—puntualizó Antonio.

—Es cierto. Me dijo la verdad. No fue esa verdad solamente lo que me dolió que me dijera, sino que tratara de convencerme de que eso era lo habitual en ese mundo, y que me lo tratara de hacer ver como un ejemplo a seguir en todo lo demás.

—No es natural odiar a un padre—dijo Robert con tono sombrío; pero yo lo odié, y lo odié más aún por decirme que "sus experiencias" me servirían para abrirme paso en la vida, y también para defenderme de mis adversarios futuros. Era como si me hubiera dicho: "aplasta a todos los que te rodean, ésa es tu divisa para alcanzar el triunfo".

—Y tú, por supuesto, no estabas dispuesto a usar esos métodos.

—No hagas a los demás lo que no te gustaría que ellos te hicieran—dijo Robert.

El padre Antonio asintió con un gesto.

—¿Trataste de convencerlo de que estaba en un error?

—No, ese es otro de mis pecados. Mi madre me pidió que lo intentara. Consideraba que era yo la persona indicada, por ser su único hijo. Estaba segura de que él me escucharía, pero yo me negué, le di la espalda en vez de enfrentar el asunto. No concebía que mi padre pudiera tener tales defectos, no precisamente él. Fue como si un rascacielos se derrumbara delante de mí, como si todo lo bueno del mundo hubiese desaparecido, arrastrado por el viento.

—Lo entiendo—dijo el sacerdote—. Por eso tomaste el camino del exilio.

Robert Warner respiró profundo.

—Si, realmente me aparté creyendo que con ello evitaría los problemas, mas no fue así. Sin embargo, mi madre no actuaba como yo. Ella lo comprendía aunque no aprobaba lo que hacía. Sufría en silencio porque sabía que esas cosas nos separaban. No sé como pudo soportar tanto tiempo esa situación. Yo, en realidad, me porté como un cobarde.

—¿Eso crees?—preguntó Antonio.

—Sí, eso creo.

—Creo que es una reacción lógica en un joven, aunque no sea la mejor.

—Es posible—dijo Robert pensativo—. Quizás no supe cómo actuar, faltó la comunicación entre nosotros, pero, ¿cómo podría imaginarme que mi padre fuera tan distinto al que conocí desde niño? El siempre me contó y leyó muchas historias y leyendas donde los héroes siempre hacían lo correcto, aun a riesgo de sus propias vidas, ¿cómo adivinar que ese héroe que él me inculcó que llevara dentro de mí no existiera en él?

—Considerabas que él estaba exento de cometer errores—dijo Antonio.

—No tanto como eso, pero nunca pensé que pudiera caer tan bajo.

—¿Qué piensas ahora?

—Que todos cometemos errores en la vida, pero que lo más terrible es no darse cuenta a tiempo.

—¿No crees que tu actuar haya sido lo que lo hizo reaccionar?

—En parte, sí. Sin embargo, creo que mi madre tuvo mucho que ver. Ella nunca lo abandonó, ni lo rechazó. El siempre pudo sostenerse en ella en los momentos difíciles.

El padre dio unos pasos por la habitación con los brazos cruzados sobre el pecho. Luego le preguntó:

—¿El rechazo a tu padre y el darle la espalda son tus pecados?

Era una pegunta para la que Robert Johan Warner no estaba preparado. Se encogió de hombros indeciso, mientras buscaba mentalmente alguna otra falta.

El padre Antonio lo dejó que pensara, y mientras, observaba sus reacciones. Robert Warner era uno de esos jóvenes que sabía diferenciar entre lo bueno y lo malo. Tenía una buena educación y había elegido una profesión eminentemente humanista. No obstante, el poder reconocer lo bueno y lo malo en los demás, no significaba que pudiera ver con toda claridad lo que debía hacer en un asunto que le concernía directamente, pues se trataba de su padre, a quien le debía respeto y consideración por ser precisamente quien le había engendrado, una persona a a la cual le unían lazos muy fuertes, y a quien no podía criticar con facilidad.

Por fin, Robert Warner hizo un leve movimiento con la cabeza que indicaba que parecía haber encontrado la respuesta.

—Quizás no tuve confianza en Dios. Nunca le pedí que iluminara el camino de mi padre. En la vida moderna, y no estoy justificando nada, resulta difícil encontrar el tiempo para dedicarlo al Señor. Tampoco me pasó por la mente hacerlo. Estaba muy dolido y sólo quería estar lejos. Incluso me alejé de mi madre, que se vio obligada a enfrentarlo todo ella sola.

El padre Antonio callaba.

—Ahora comprendo que alejarme de él no fue la mejor opción—continuó Robert—, de haberlo sabido, no me hubiera ido a Francia. Sin embargo, ¿quiere saber algo interesante?, pues que a mi padre le ha gustado Francia. Compró una casa cerca de Lyons, donde yo trabajo y resido, y se han instalado él y mi madre.
—Sí que es interesante—afirmó el padre Antonio.

No hizo la pregunta que tenía en los labios porque consideraba que Robert Johan Warner no había terminado, y él había dicho que le contaría todo después de la confesión. Pero sospechaba que las cosas habían mejorado mucho entre padre e hijo. No habían pasado por alto frases como "era accionista", o "compró una casa cerca de Lyons", que se referían a su padre. A pesar de ello, y siguiendo su costumbre, siguió esperando a que fuera el propio Robert quien relatara todo lo sucedido.

Robert se levantó y caminó por la habitación buscando organizar un tanto sus ideas. Consideraba que el haberse alejado de su padre y no enfrentar el asunto eran sus principales pecados. Pero comprendía que había otras cosas que no estaban bien y que su confesor quería que las descubriera por sí mismo. Se paró frente a la ventana y observó el patio. En ese instante pasó por allí el hermano Bartolomé, quien se detuvo y lo miró de una manera tan elocuente, que Robert tuvo que sonreír y saludarlo con una leve inclinación de cabeza.

El padre Antonio no podía ver quien estaba parado del otro lado, mas por la expresión del rostro de Robert se dio cuenta de que no podía ser otro que Bartolomé.

—Déjeme adivinar—dijo Robert levantando su mano izquierda—. Ése es el hermano Bartolomé, ¿cierto?
—Si tú lo dices—dijo Antonio sonriendo.
—Estoy seguro—dijo Robert—, mi padre me describió ese rostro, y aunque no lo hubiera hecho, lo sabría igual.

Antonio soltó una pequeña carcajada. Después preguntó:

—¿Aún sigue ahí?
—No, sólo estuvo un instante—respondió Robert.
—Es una buena señal—aseguró Antonio.
—¿Por qué?
—No estamos muy seguros; pero casi siempre que las personas tienen serios problemas, él las observa con detenimiento, quizás porque presiente o puede saber que sufren mucho. Parece que trata de infundirles ánimo suficiente para que puedan enfrentarse con las dificultades. Mas cuando los problemas son menores, como en este caso, sólo las mira, aunque de todas formas las deja muy impresionadas.

—Mi padre me habló varias veces de él. Me dijo que tenía una expresión tan especial en su rostro, que era imposible no darse cuenta de que este hombre ha sido tocado por Dios, y estoy convencido de que tiene toda la razón del mundo. También me dijo que su encuentro con él, no sabe explicar cómo, pero le hizo cambiar.

—Estoy de acuerdo con él—aseguró Antonio.

—Bueno—aclaró Robert—, no quiere eso decir que usted no lo ayudó de manera especial.

—Lo sé—dijo el padre Antonio sonriendo—. No voy a ponerme celoso a estas alturas. Además, todos aquí estamos muy contentos de tener al hermano Bartolomé entre nosotros, él contribuye como nadie a que todos, sean religiosos o visitantes, se sientan mejor.

—No lo dudo—dijo Robert.

—¿Le recomendó su padre que lo viera?

—Sí, pero parece que Bartolomé se adelantó.

—¿Quiere tener una entrevista con él?

Robert Warner lo miró dudoso. Estaba impresionado por lo que había visto en Bartolomé, mas no quería molestar.

—¿Puedo verlo unos minutos, antes de marcharme?

—Claro que sí. Lo buscaremos.

Robert Johan Warner se quedó en silencio unos momentos y luego preguntó:

—No sé que otra cosa confesar, padre Antonio. Creo que esas son las más importantes.

—¿Y desea ser absuelto?

—Sí, y deseo además, que Dios me perdone por haber estado alejado tanto tiempo.

El padre Antonio extrajo de la gaveta su estola, la colocó alrededor de su cuello y dijo las palabras acostumbradas para cumplir el ritual de la absolución.

Una vez que hubo terminado, abrió los brazos y dijo:

—Y bien, ¿qué tenía que contarme de su padre y de lo que hizo durante esta semana?

Robert Johan Warner se acomodó nuevamente en la silla, ya más tranquilo. Abrió los brazos y luego dijo:

—En realidad aún no puedo creerlo, incluso mi madre está asombrada.

—Espero que no haya tomado una determinación descabellada—dijo el padre Antonio.

—Nada de eso—aseguró Robert levantando una de sus manos—. Todo lo pensó muy bien, es perfectamente legal y todos sus socios quedaron conformes.

—Lo primero que hizo fue ceder sus acciones a favor del socio que lo presionaba para que no abandonara la sociedad, que debe haber quedado muy sorprendido. Después, con una cuenta bancaria que tenía con mi madre, y algo más que ella le entregó, indemnizó a los familiares de aquel hombre que perdió la vida a manos de uno de sus acreedores.

El padre Antonio escuchaba atentamente, sin aparentar que él también estaba muy sorprendido.

—En el caso de la secretaria que sufría por acoso sexual, mi padre le buscó otro empleo mucho mejor remunerado en una de las empresas que eran clientes del Banco. Allí trabaja para una persona seria, que además es pariente cercano de mi madre y mío. También le advirtió al socio que acudiría a la justicia si continuaba insistiendo, y le mostró algunas pruebas que tenía en relación con el acoso sexual del que era víctima la joven secretaria, de manera que el hombre no tuvo más opción que quedarse muy tranquilo.

—Entonces quedó libre de las ataduras, al menos en su trabajo—dijo Antonio.

—Cierto—afirmó Robert—, pero la historia no terminó ahí. Además, vendió la casa, a un precio muy bajo creo yo, pero no me quejo, y con ese dinero compró otra casa allá en Francia, de la cual ya le hablé. Me enteré de eso cuando ya se habían instalado, y se presentaron en la clínica donde trabajo para llevarme a verla. Bueno, es una casa modesta, aunque para ellos dos está bien. Tiene un hermoso jardín, a mi madre le gustan mucho los jardines en las casas y entiende muchísimo sobre ellos. Además, cuenta con dos cuartos traseros, muy cómodos, y donde puedo alojarme yo, incluso con esposa e hijos, cuando los tenga, claro; así como un patio bastante grande con algunos manzanos y otros árboles frutales. Dicen que allí los niños se sentirán muy a gusto.

—Muy bien pensado para hacerlo todo en una semana—dijo el padre Antonio.

—¿Alguna otra sorpresa?—preguntó al ver que Robert sonreía.

—No, eso fue básicamente lo que sucedió.

—Entonces, ¿dónde desayunaron hoy?, me dijiste que habías desayunado con tus padres.

—¡Ah, cierto! Desayunamos todos en casa de mis abuelos maternos.

—¿Y cómo lo tomaron ellos?

—Bueno, mi padre les pidió perdón por haber hecho sufrir a mi madre, y después les explicó todo lo que había decidido hacer.

—¿Y?

—Mi madre dijo que lo apoyaba y que les pedía a ellos que nos apoyaran también, pues nuestros medios económicos se habían reducido ahora en un ochenta por ciento, o más.

—¿Y qué dijeron tus abuelos?

—Mi abuela nunca dice nada, ni se queja por nada. Mi abuelo, en cambio, dijo que lo que había hecho mi padre era un disparate, pegó un puñetazo sobre la mesa, lo que provocó que se rompieran algunas copas, luego se levantó, nos abrazó a todos (mi abuela se divierte mucho con esas cosas), y le dijo a mi padre que era un perfecto cerdo, engreído y pretencioso, que a la vez tenía la mujer más hermosa, bondadosa e inteligente del mundo, y que lo envidiaba por eso; y ésa es su manera de decir que nos apoyará en caso necesario.

El padre Antonio quedó en silencio unos momentos. Luego dijo:

—Estaba seguro que tu padre tomaría el camino adecuado, pero lo que me acabas de decir es sorprendente.

—¿Algún plan concreto para el futuro inmediato?—preguntó Antonio.

—Piensan abrir una cafetería al lado de la casa. Ya compraron el terreno. Eso les dará lo suficiente para vivir.

—Tendrán que pagar la mano de obra, aunque dices que tu abuelo los apoyará.

—Bueno—aclaró Robert—, lo hará si tenemos problemas, pero no pagará la inversión, ni los impuestos, ni la mano de obra. Sencillamente mis padres trabajarán. Se trata de una cafetería pequeña, sólo cinco mesas, en la que yo mismo ayudaré los fines de semana.

—Entonces, pasó de ser un hombre rico a un simple comerciante —concluyó el padre Antonio.

—Exacto—afirmó Robert.

—Eso quiere decir que ya recuperaste a tu padre, hermano Robert—dijo el padre Antonio.

—Y le estoy muy agradecido por eso—dijo Robert.

—Si nos atenemos a lo que dicen las escrituras... —comenzó a decir Antonio, cuando Robert lo interrumpió diciéndole:

—Más fácil pasa un camello por el ojo de una aguja...

—Cierto—afirmó Antonio—. Es sencillamente un milagro, y los milagros sólo los puede hacer Dios.

—Pero fue a través de usted—dijo Robert.

—Recuerda que fue tu padre quien decidió venir a confesarse, y ahí ya está la mano divina.

—Padre Antonio—dijo Robert Warner con tono de protesta—, si piensa así no tendré la posibilidad de invitarlo a nuestra nueva casa.

El padre Antonio levantó las cejas y preguntó:

—¿Eso significa que conoceré a Francia?

—¿Nunca tiene usted vacaciones o permisos?—preguntó a su vez Robert Warner.

—Sí, claro.

—Entonces sólo resta que nos llame. Le daré mi número en la clínica. Es donde paso la mayor parte de mi tiempo.

—De acuerdo.

Robert extendió el brazo para darle una pequeña tarjeta.

—Bien. ¿Puedo ver ahora al hermano Bartolomé?

—Por supuesto—respondió el padre Antonio.

Atravesaron el patio nuevamente y entraron directamente a la cocina. Allí el padre Antonio preguntó por Bartolomé, y uno de los cocineros señaló hacia un rincón, donde estaba el monje recogiendo algo que se había derramado en el suelo.

Fueron hacia él y el padre Antonio tocó suavemente su hombro. Bartolomé se volvió mostrando una amplia sonrisa. Se levantó y observó al sacerdote.

—El quería verte de nuevo—dijo Antonio señalando hacia Robert Warner—. No sabíamos que estabas ocupado.

Bartolomé colocó un paño húmedo sobre una de las mesas y secó sus manos con otro paño que colgaba de una clavija. Luego miró al visitante detenidamente y pareció recordar de qué se trataba. Eso lo hizo esbozar otra vez una sonrisa. Luego colocó tres pequeños pastelillos en una servilleta y se los entregó a Robert. Después, colocó su diestra sobre el pecho de Robert Warner durante unos segundos y lo despidió con una inclinación de cabeza.

Robert Warner no apartó la vista del rostro de Bartolomé ni un instante. Estaba absorto contemplando aquella expresión tan difícil de describir, y que daba una paz y una seguridad tan grandes.

—Muchas gracias hermano Bartolomé—murmuró Robert—mientras se inclinaba para despedirse.

Atravesaron otra vez el patio para dirigirse a la puerta del monasterio. Una vez allí, el padre Antonio le dijo:

—El hermano Bartolomé no se toma mucho tiempo con las personas cuyos problemas son los cotidianos.
—¿Eso quiere decir que de acuerdo con su opinión y la de él mis problemas pasaron a ser cotidianos?
—Eso creo. Ahora tendrás que lidiar con pacientes que no crean en tus diagnósticos, administraciones demasiado estrictas, inspectores muy rectos, impuestos muy altos, zapatos y juguetes para niños muy caros, taxistas que no conozcan la ciudad, maestros negligentes...

Robert Warner lo interrumpió con una carcajada. Después, levantando una mano, dijo:

—Está bien, me rindo. si sigue añadiendo problemas a la lista tendré que venir muy pronto a confesarme.
—Recuerde nuestra invitación—agregó mientras le estrechaba la mano.
—Lo haré—aseguró el padre Antonio—. Saludos a su madre. Dígale que el amor lo puede todo, hasta cambiar el corazón de un enemigo.

Capítulo IV

EL OBRERO

Tres días después, se presentó en el monasterio un hombre que frisaba ya los 65 años; bajó de una destartalada camioneta, que no recordaba ya su color original y que parecía a punto de derrumbarse en pedazos. Se dejó llevar dócilmente por un monje hasta la oficina del padre Antonio, donde quedó a la espera en el umbral, algo turbado, a pesar de que su guía le hacía señas de que pasara. Finalmente penetró en la habitación con un breve:

—Con su permiso, padre.
—Tome asiento, por favor—, dijo el padre Antonio indicándole la silla que se encontraba frente a su escritorio.

El hombre se sentó muy despacio murmurando un breve: gracias, padre.

El sacerdote vio ante sí a un hombre que parecía haber trabajado mucho durante su vida, a juzgar por sus manos, las arrugas de su frente y las ojeras que rodeaban sus ojos color castaño. Se notaba inquieto, indeciso, y el padre Antonio, como siempre hacía, buscó darle algo de tranquilidad con su acostumbrado trato poco formal para esos casos.

—Bien, Usted conoce mi nombre y a qué me dedico. Puedo deducir que Usted es un obrero, a través de sus manos, pero pudiera estar errado.

—Cierto, soy obrero, lo he sido durante toda mi vida. Es Usted muy buen observador. Mi nombre es Luciano, Luciano Di Parma, y es fácil darse cuenta por el mismo de mi origen italiano, aunque vivo en Francia desde niño.

—¿Tuvo un viaje muy largo?—le preguntó.

—Si—contestó el hombre y esbozando una leve sonrisa, agregó: Vine en un carro no muy cómodo que digamos, pues vendí el auto de paseo.

—¿Muchos problemas económicos?—preguntó el padre buscando introducirlo en el tema.

—¿Qué obrero no los tiene?

—Cierto, pero supongo que no son sólo sus problemas económicos los que lo han traído hasta aquí—dijo el padre Antonio para adentrarlo en el tema.

—No, no son en sí los problemas económicos, sino la forma en que los he enfrentado, lo que me ha hecho venir...

Se detuvo mientras entrecruzaba los dedos de ambas manos.

—Hace meses, en realidad hace más de un año, que no duermo bien, discuto con mi esposa, con mis hijos, y hasta con mis vecinos, la mayor parte de las veces sin ninguna razón. Todo empezó cuando, después de treinta años, prescindieron de mis servicios en el taller de la fábrica a la que dediqué toda mi vida. Fue muy triste, se derrumbó todo: mis ilusiones de un retiro confortable, mis amigos, y por último mi familia. Tuve que pedir ayuda a mis parientes en Italia. Vagué por todas las ciudades buscando trabajo y muchas veces dormí en las calles o en los parques. Llegué a pertenecer, por unos días, a un grupo de indigentes en el metro de París. Cuando regresé a mi casa, estaba a punto de vencerse la hipoteca. Entonces, me dejé llevar por la desesperación...

Bajó la cabeza y guardó silencio por espacio de un minuto que pareció una hora. Tomaba aire para poder continuar. Afortunadamente llegó el té en ese instante y el padre lo aprovechó para que tomara un respiro.

—Tómese su tiempo, hermano Luciano. Beba su té y descanse un poco. Luego saldremos al patio. Verá que se siente mejor después de eso.

Luciano agarró la taza con ambas manos, como si temiera no poder sostenerla. Bebió un largo trago y la colocó nuevamente sobre el escritorio. Murmuró las gracias y desvió la vista hacia otra parte, como si temiera encontrarse con la mirada del sacerdote. El padre Antonio lo dejó descansar unos minutos, y después, para que no se sintiera solo en aquel difícil momento, le dijo:

—Hermano Luciano, salgamos al patio por un tiempo. Luego continuaremos.

Luciano asintió y se puso de pié. El padre Antonio lo precedió hasta la puerta y luego lo dejó pasar cortésmente. Una vez afuera le tomó del brazo y le dijo:

—Me imagino que no conoce Usted el monasterio. Venga, demos un recorrido.

Luciano se dejó llevar y Antonio le mostró el templo, el patio interior cubierto con losas de piedra, varias habitaciones, el refectorio y finalmente la cocina, aunque no se encontraba allí el hermano Bartolomé.

—¿Qué le parece nuestra casa?
—Creo que es una magnífica construcción, ¿de qué siglo es?
—Siglo dieciséis—respondió el padre.
—La conservan muy bien—dijo Luciano—, no parece haber cambiado nada en cinco siglos.

—Así es—afirmó el padre Antonio—, sólo ha cambiado de habitantes, pues morimos como todos.
—No como todos—replicó Luciano—, ustedes mueren en la gracia divina, porque han escogido el buen camino.

El padre se detuvo un instante para recordarle a su amigo algo esencial:

—Somos pecadores, como todos los hombres hermano Luciano.
—Sí, pero tienen el apoyo de sus hermanos de fe, pueden apartarse un tanto, pero luego vuelven al camino. Están apartados del mundo convulso y mezquino en el que viven los demás.
—¿Y eso nos hace mejores?—preguntó el sacerdote.

Volvieron a caminar. Luciano movió la cabeza antes de continuar.

—Nadie los obligó a tomar el camino de Dios—dijo finalmente—, se negaron a sí mismos, ¿no es así como se dice?
—Sí, eso es cierto, pero es Dios quien nos elige, de modo que todo viene de Él, hermano Luciano.
—No comparto esa opinión padre—replicó de nuevo Luciano—; hay hombres malos y hombres buenos, Dios nos deja hacer y nosotros elegimos el bien o el mal.

Antonio guardó silencio mientras sopesaba los argumentos de su hermano. Evidentemente tenía cierta formación religiosa o había leído lo suficiente sobre el tema del bien y del mal desde el punto de vista de la Iglesia. Pero consideró, y esperaba tener la razón, que la opinión que acababa de darle se derivaba de la situación personal en la que se encontraba envuelto y que le había hecho venir hasta allí. Sólo faltaba que en el transcurso de la conversación Luciano dijera las causas que lo hacían sentirse un hombre alejado de Dios.

Se encontraban a punto de dejar el patio para entrar al pasillo que los llevaría a la oficina, cuando alguien tomó por el otro brazo a Luciano. Este se detuvo algo confuso y se volvió para ver ante sí el rostro espiritual del hermano Bartolomé, quien le tomó de las manos, apretándolas contra su pecho, sin dejar de mirarle. Luciano pareció sorprendido, después tranquilo, luego su rostro se transformó en un mar de lágrimas, ante la mirada amorosa y compasiva de aquel hombre que le hablaba con todo su ser.

Las lágrimas corrían incontenibles por el rostro de Luciano, como si descargara todo su dolor ante aquella mirada, de la cual no podía sustraerse. Pasaron dos largos minutos, luego el hermano Bartolomé lo atrajo hacia sí y lo estrechó entre sus brazos. Después, saludó al padre Antonio con una leve inclinación de cabeza y se marchó.

Luciano no dijo ni una palabra. Continuó del brazo del sacerdote y se sentó obediente en su silla al llegar a la oficina. Se mantuvo inmóvil y cabizbajo por espacio de varios minutos, mientras el padre Antonio guardaba un silencio respetuoso. No quería interrumpir aquel momento tan especial para un hombre sencillo, que no había tenido encuentros sorprendentes como el que acababa de experimentar hacía sólo unos instantes. Cuando estuvo en condiciones de reaccionar, Luciano levantó la cabeza e hizo una pregunta en sentido afirmativo:

—Ese hombre es un santo, ¿cierto? No puede ser de otra manera; sólo un hombre santo puede lograr, sin hablar, que yo comprenda todo lo que me sucedió, que esté arrepentido y al mismo tiempo feliz de saberlo y dispuesto a decirlo sin temor. ¿Cómo lo logra? —Usted mismo lo ha dicho. Es un santo. —Sí, es un santo—repitió Luciano—, no tiene otro nombre.

El padre Antonio se recostó en su silla y estudió el rostro de su interlocutor. Estaba casi radiante, como si la luz recibida del hermano Bartolomé hubiera provocado al fin el amanecer luego de muchos días en tinieblas. Sabía que era una gracia especial tener allí a un hombre obsequiado por Dios con semejantes dones y estaba seguro de que ya Luciano estaba perdonado, aunque debía escuchar su confesión; pero sin dudas su trabajo sería más fácil de realizar gracias a la intervención de su santo hermano. Finalmente dijo:

—Puede comer algo, si desea. El hermano Bartolomé, con mucho gusto, le traería un bocadillo o algunas frutas.
—¿Qué tipo de servicios presta él?—preguntó Luciano.
—Trabaja en la cocina, sirve las mesas y también participa en la limpieza del templo y de las capillas, aunque todos sospechamos que su misión aquí es otra.

—Sí—dijo Luciano muy seguro—, eso se nota a primera vista.
—Todos aquí estamos muy contentos con su estancia—aseguró el padre—, él hace que la presencia del Señor sea más palpable.

Luciano asintió con un gesto de su cabeza, luego preguntó:

—¿Puedo continuar, padre? Me refiero a la confesión.
—Lo escucho—respondió el padre Antonio.

Luciano se acomodó en su silla, después, entrecruzando los dedos de ambas manos, lo explicó todo.

—Como le dije antes, luego de conocer que la hipoteca vencía en breve plazo, me dejé llevar por la desesperación, caí a lo más bajo, olvidando quién era para mis hijos y mi esposa, olvidando todo lo que representaban mis padres y sus enseñanzas, olvidando que un hombre no debe sobrepasar ciertos límites, porque cuando lo hace, deja de ser lo que es.
—Pedí una prórroga, pero el acreedor se negó rotundamente. Entonces fui a ver a una persona que yo conocía, un hombre de dudosa moral, y le pedí ayuda. Él me puso en contacto con unos individuos capaces de solucionar cualquier problema a cambio de algunos "favores especiales"...
—Lo que equivale a "deshonestos"—aseguró el padre Antonio para terminar la idea.

—Exacto—admitió Luciano—, tenía que llevar unas mercancías en mi auto a dos ciudades lejanas, y por supuesto, yo no tenía antecedentes, de modo que no levantaría sospechas. Esos personajes acostumbraban a usar a tipos como yo, que se encontraban en situaciones difíciles y por tanto, dispuestos a hacer lo que fuese necesario. Claro de que en caso de que fuera sorprendido por la policía estaría solo, pues todos ellos desaparecerían oportunamente.

—Y todo salió bien, supongo—intervino Antonio.

—Sí, entregué la mercancía y ellos se encargaron de pagarle a mi acreedor; me dieron además, una pequeña comisión por mis servicios. Era para atraparme, yo lo sabía, pero no hice nada por escapar de la red.

—Volví a casa, mas no dije la verdad a mi familia. Les dije que había ido a ver a un amigo de la infancia que era rico y todo se había resuelto.

—¿Le creyeron?

—Mi esposa y mi hijo mayor no se tragaron tal embuste; los demás, creo que sí.

—¿Le dijeron algo al respecto quienes no le creyeron?

—Mi hijo Michel y yo no compenetramos muy bien. El no osó decirme nada, pero lo vi en sus ojos. Fue muy doloroso para mí. En cuanto a mi esposa . . .

El padre Antonio se percató de que le era muy difícil continuar, y le dijo:

—No lo diga, ya ha dicho lo fundamental.

—Aún no, padre Antonio—aclaró Luciano.

Respiró profundamente y agregó:

—Lo que hice después fue mucho peor.

—Puede tomar un aire, hermano Luciano, tenemos todo el tiempo del mundo.

—No, no seguiré esperando, sobre todo después de ver el rostro del hermano Bartolomé que me pedía que me deshiciera de esta carga que me tortura día a día y minuto a minuto.

El padre Antonio no insistió más, se daba cuenta de que su amigo estaba dispuesto a llegar hasta el final sin dilaciones, de modo que lo invitó a seguir con un gesto.

—Mi esposa me dijo que estaría siempre a mi lado, sucediera lo que sucediera; pero que no me perdonaría nunca si había hecho algo de lo que tuviera que arrepentirme, porque ella y mis hijos estaban orgullosos de mí, de mis enseñanzas, de haberlo logrado todo con mi trabajo; que si eso cambiaba, ya no me tendrían confianza en el futuro. No repliqué, sólo le dije que todo iría bien, que encontraría un nuevo empleo para continuar lo que habíamos planeado: que los más pequeños podrían estudiar en la universidad con mi ayuda y la de Michel.
—¿Qué sucedió después?
—Volví donde los individuos que me habían sacado del apuro y adivine Usted lo que hice.
—No tengo idea—dijo el padre Antonio moviendo levemente la cabeza.
—Pues les pedí que me ayudaran a recuperar mi empleo.
—En el mismo taller—dijo el padre.
—Exacto. Sabía que ello significaría arruinar la vida de alguien, pero no me detuve a pensarlo. Ellos me pidieron datos sobre mi antiguo jefe y los empleados, así como sobre el lugar y los horarios. Unos días después me llamaron para que, en la madrugada, entrara y cambiara varias piezas del auto que ellos mismos habían dejado en el taller para repararlo. Me dieron una copia de las llaves y previamente habían sobornado al guardia para que no estuviera allí durante una hora. Me resultó fácil hacerlo y borré todas las huellas. Días después, para mi sorpresa, expulsaron a uno de los mejores mecánicos, que me había ayudado desde los primeros momentos, y que era quien se había encargado de realizar los arreglos de dicho automóvil. Vivía con su esposa y con su hija

inválida. Cuando vinieron a buscarme para que ocupara su lugar no me atrevía a ir al taller; pero el asunto estaba concluido. Los individuos me explicaron que tenía que recuperar mi empleo, que ellos me habían ayudado y ahora necesitaban mi colaboración en "ciertos trabajos" para los cuales yo era la persona más indicada.

—Tuve que aceptarlo. No son personas a las que se les puede decir un "no" sin que tenga consecuencias. Volví a trasladar varios paquetes de mercancías a distintas ciudades antes de comenzar a trabajar y el fin de semana siguiente a mi reincorporación, me dieron una comisión y después me advirtieron que cambiarían de domicilio, que si los necesitaba de nuevo buscara a la persona que hacía los contactos, de lo contrario no los encontraría.
—¿Los necesitó nuevamente?—preguntó Antonio.

Luciano vaciló unos segundos, luego continuó:

—Sucedió algo, algo imprevisto. Mi amigo, luego de perder su empleo, buscó trabajo en otra ciudad y lo encontró; pero lamentablemente tuvo un accidente a su regreso...
—¿Vive aún?
—Sí, pero no puede caminar ni mover la parte derecha de su cuerpo. Su esposa no tiene la posibilidad de acompañarlo en el hospital ya que debe cuidar a su hija.
—Entonces los contactó.
—Sí. El seguro solamente cubrió la operación y parte de los medicamentos; mis nuevos amigos se han encargado de la otra parte de las medicinas que necesita y de los costos de la atención en el hospital.
—¿Y qué tiempo durará el tratamiento?
—Quizás dos o tres meses.
—¿Volverá a caminar?—preguntó el padre.
—Es posible, pero será difícil que pueda trabajar—respondió Luciano.
—¿Y cómo pagará a sus nuevos amigos todos los gastos?

—Llevé a un lugar determinado una mercancía muy delicada. Fue un viaje nocturno y complejo. Regresé en la madrugada con el dinero en efectivo que pagaron por la entrega. Ellos se mostraron satisfechos y me aseguraron que se encargarían de los gastos hasta que mi amigo saliera del hospital.

—¿Cumplieron?

—Sí, debió ser una cifra alta la que traje.

—¿No pudo contar ese dinero?

—No, se encontraba en un maletín metálico con una clave en la cerradura. Sólo mis nuevos amigos la conocían, pero estoy seguro de que era una cantidad muy grande.

—¿Cómo se explica que confiaran en usted?—preguntó el padre Antonio muy extrañado.

—Estoy seguro de que siempre me han seguido a cierta distancia—explicó Luciano—, son profesionales, padre, no incautos. De ese modo, si la policía me detenía ellos estarían limpios, y si intentaba huir con el dinero . . .

—Entonces lo atrapaban ellos mismos.

—Exacto. Por eso nunca se me ocurrió tratar de ser más listo que ellos, intentarlo hubiera sido un suicidio.

—¿Qué piensa hacer ahora, hermano Luciano?

—No lo sé, padre Antonio, no tengo idea. No puedo hacer que vuelva el tiempo atrás. Cuando he estado a solas con mi amigo Lauren, en el hospital, le he pedido perdón por lo que hice; él puede oírme, mas no puede hablar. Su mirada no me acusa, él es una persona bondadosa; pero yo me siento culpable y estoy consciente de lo que hice. Por eso vine, no se puede hacer eso a un amigo y quedarse tan tranquilo, como si nada hubiese sucedido; soy un canalla y no puedo seguir callándolo.

—¿Puedo saber cómo me encontró?

Era una pregunta fuera de contexto para el punto en el que se encontraba la conversación, por eso Luciano se quedó un tanto confuso. Luego de unos segundos de vacilación dijo:

—Fui a la parroquia más cercana; cuando expliqué que se trataba de una confesión muy seria y que hacía más de treinta años que no lo hacía me recomendaron venir a verlo a Usted. Sí, el viaje es largo, mas yo he realizado muchos viajes largos para mi propia desgracia; en cambio, éste, es para mi bien. Quizás Usted, padre Antonio, no es tan consciente de lo importante que es su trabajo, ni de lo bien que lo hace, pero muchos otros sí, sobre todo dentro de los religiosos.

—Hago lo que puedo, pero me alegra saber eso.

—Por cierto, padre, ¿cómo puede escuchar tantas desgracias y mantener la calma?

—No lo sé con exactitud, siempre he sido un hombre muy ecuánime.

—¿Y cómo aprendió a conocer los misterios de la naturaleza humana?

—Conociendo a los hombres, no existe otra manera. Hice muchos trabajos sociales, con adolescentes, jóvenes y adultos, entre los que se encontraban gente muy humilde, marginados, delincuentes y otros.

—Entonces aprendió en la mejor universidad, la de la vida—afirmó Luciano.

—Algunos dicen eso y tienen parte de la razón—dijo Antonio.

—¿Logró ayudar a muchos?—preguntó nuevamente Luciano.

—Muchos encontraron un sentido para sus vidas, buscaron un trabajo o se lo facilitamos nosotros y se abrieron nuevos horizontes para ellos. En cambio, otros volvieron a su antiguo ambiente, pues sólo cambiaron en apariencia. Es muy triste cuando eso sucede, hermano Luciano, si no tienes el amparo de Dios y el de otros hombres de fe, puedes flaquear.

—Veo que eso no sucedió en su caso—afirmó Luciano.

—No, no he flaqueado, más bien me he propuesto seguir adelante en otras empresas similares.

—¿Como ésta?—preguntó el obrero.

—No, este es un servicio que debemos hacer todos, me refiero a otras empresas sociales como las que le dije antes.

—No es Usted de los que se cansan—comentó Luciano.

—Una vez que encuentras el camino de Dios, debes sentirte útil, de lo contrario no tendrás descanso, vivirás infeliz, puesto que el camino del Señor es servicio.

—Yo envidio a las personas que pueden hacer lo que ustedes: servir a los demás sólo por la satisfacción de hacerlo. Nosotros servimos a otros simplemente para poder vivir, y muchas veces ni nos gusta el trabajo que realizamos. Tenemos algunas satisfacciones en la vida, pero no puede compararse nuestro trabajo con el suyo.

—¿Se siente inferior a nosotros, hermano Luciano?

—No, no es nada de eso, sólo que hubiera querido hacer algo más importante.

—No cree que su trabajo es importante—dijo Antonio colocándose una mano en la barbilla—, sin embargo, ¿sabe cuántas personas ha salvado usted con su trabajo en esos treinta años?

—Muchas vidas, hermano, muchas—afirmó el padre Antonio continuando la idea—, si no lo hubiera hecho bien, es muy probable que ello provocara varios accidentes, y en consecuencia muchas muertes. Algunos se pasan la vida impartiendo conferencias en universidades y en otros centros educacionales; reciben aplausos y la opinión favorable de gran cantidad de personas, por sus profundos conocimientos. Pero en realidad su trabajo no rinde grandes frutos. En cambio, el de usted, mucho más sencillo y no tan bien remunerado ni reconocido, ha logrado salvar a muchos. Por tanto, no se tenga a menos, no sería justo consigo mismo y por consiguiente, con Dios, para el cual todo lo que hacemos es importante. San Pablo escribió a los colosenses: "recuerden que sirven a Cristo, que es su verdadero dueño." Se refería a los esclavos o a personas que tenían un patrón muy severo; sin embargo, los invitaba a servirlos bien.

—Le doy la razón—aseguró Luciano—, pero ahora que he recuperado mi trabajo, ¿qué hago con mi conciencia?

Era una objeción muy seria, mas el padre Antonio no estaba dispuesto a ceder el terreno ganado, de modo que continuó en la misma línea: animar al penitente a encontrar su propia solución. Su nuevo amigo había dado el primer y más importante paso:

reconocer sus errores, sentirse culpable, buscar la ayuda del prójimo. El sólo lo guiaría por el camino hasta encontrar la puerta hacia la luz.

Luciano se encontraba, a pesar de la situación delicada de su amigo, con reales posibilidades de enmendar sus errores. Tenía a su favor la disposición y la sinceridad con las que había asumido sus problemas y además contaba con el apoyo de su familia. Le quedaba enfrentarse de nuevo a su amigo paralítico y a su hija, también inválida, ajena a todo lo ocurrido, pero víctima como su padre. Era una situación desagradable y complicada en la que se mezclaban dos familias que dependían en buena medida del trabajo de dos hombres, que por esas cosas del destino o de la casualidad, lucharon, sin saberlo, por mantenerse en el lugar donde habían laborado buena parte de sus vidas. Ambos tenían una familia en la que cada miembro tenía sus aspiraciones, y ellos mismos esperaban tener una vejez sin notables carencias materiales. Ahora, después del accidente, quedaban dos familias, una de ellas con dos personas dependientes, y sólo un lugar para trabajar, ¿lograría Luciano encontrar una solución o acudiría nuevamente a sus amigos del bajo mundo?

Si su decisión se inclinaba por lo más fácil estaría perdido; sus amigos le exigirían nuevos favores y era probable que jamás encontrara la senda del bien. El padre Antonio lo sabía y oraba en silencio pidiendo para que su amigo lo decidiera por sí mismo. Ya el hermano Bartolomé había brindado sus divinos servicios desde el inicio, obrando el primer milagro, restaba ahora que Luciano, que luchaba entre dos aguas, pudiera alcanzar la orilla de la salvación.

—Su conciencia está a salvo aún—comenzó a decir el padre—, de lo contrario no estaría aquí. Eso significa que no estaba consciente en todo momento del alcance de sus actos. Usted mismo dice que se dejó llevar por la desesperación; por lo tanto, no estaba claro para Usted cuál era el sendero a tomar en ese momento, y eso puede sucederle a cualquier persona en una situación similar.

—Por eso pienso—continuó el padre Antonio—, que te encuentras a unos pocos metros de la orilla. Solamente me preocupa una cosa...

—Mis nuevos amigos—dijo Luciano interrumpiéndole.

—Exacto.

—Puede estar tranquilo, no me buscarán si no les debo nada. Ellos sólo te buscan si no has cumplido tu parte en algún trato. Siempre utilizan a tipos desesperados como yo, porque saben que harán cualquier trabajo, por arriesgado que sea el mismo, cuando se encuentran en una situación sin salida.

—Pareces estar muy convencido de ello.

—Lo estoy—aseguró Luciano, que mostró un semblante muy tranquilo al decirlo.

—Espero que estés en lo cierto—dijo el padre Antonio.

—No los buscaré, padre, no lo volveré a hacer—dijo Luciano—, sé que colaborando con esas personas ayudo a que mueran otros, que pueden ser jóvenes, incluso niños. Además, la solución que ellos encontraron no fue tal solución, sólo sirvió para complicar más las cosas. Si no hubiera acudido a ellos quizás ya tuviera un nuevo empleo y nada de lo que le he contado hubiese sucedido.

El padre Antonio se irguió y dio algunos pasos por la habitación antes de detenerse frente a Luciano. Sus manos estaban cruzadas a la espalda, mientras meditaba profundamente. Finalmente se decidió por invitar a su amigo a comer y a tomar algo, mientras cambiaría el tema de conversación para que su amigo estuviera menos tenso.

—Bien amigo Luciano, iremos a la cocina y comeremos algo, ambos necesitamos un descanso, luego continuaremos. ¿Está de acuerdo?

—Sí, creo que es una buena idea.

—Entonces acompáñeme. Atravesaremos el patio para respirar aire puro.

Luciano lo siguió en silencio. Mientras la verde hierba quedaba aplastada bajo sus pies el padre Antonio continuaba sus oraciones; tras él, su amigo respiraba con avidez el aire fresco de la mañana y observaba los detalles de la enorme construcción que les rodeaba, que le seguía pareciendo demasiado grande para la tecnología del siglo dieciséis. Llegaron hasta la cocina y el padre pidió a uno de los monjes algo de comer, luego invitó a Luciano a pasar al refectorio. Cinco minutos después, les colocaban en la mesa una bandeja con dos bocadillos de queso, dos vasos con jugo de manzanas y dos pequeños potes con mermelada de frambuesas; también dejaron una jarra con agua y dos vasos de cristal.

—¿Algo más, padre?—preguntó uno de los monjes antes de retirarse.

El padre Antonio miró a Luciano, pero éste hizo un gesto negativo con la cabeza indicando que era suficiente.

El sacerdote juntó las manos ante su pecho y dijo las palabras de rigor para bendecir los alimentos; después le dijo a su acompañante:

—Amigo Luciano, podemos comenzar.

Luciano tomó uno de los bocaditos y comenzó a comer sin más dilación. Se notaba menos tenso que al principio, lo que no pasó por alto el padre, que primeramente bebió un sorbo de agua, para luego tomar su parte en aquel ligero almuerzo con el cual se deleitaron durante algunos minutos.

—¿Qué le parece nuestra cocina?
—El queso es exquisito—dijo Luciano—, ¿Dónde lo compran?
—Viene de Holanda, creo—respondió Antonio.
—¿Y la mermelada?
—Especialidad de la casa.

—¿Tendrá que ver algo con el hermano Bartolomé?—preguntó Luciano mirando cautelosamente al padre.

—Quizás—respondió Antonio encogiéndose de hombros—, y agregó: ayuda en la cocina, es muy probable que haya pasado por sus manos.

—No me extraña que esté tan sabrosa—concluyó Luciano.

El padre sonrió, bebió un sorbo del jugo y dijo:

—Este néctar también se hace en la cocina, ¿qué le parece?

—Está hecho con manzanas frescas, sin dudas—comentó el italiano—, es suave, consistente y no tiene azúcar, así que es completamente natural.

—Siempre tenemos jugos de frutas—aclaró el padre—, algunas son cosechadas en los alrededores; mientras que otras se importan de países mediterráneos como el suyo.

—Aire puro, frutas y un ambiente natural, acompañados de hermanos siempre dispuestos a colaborar, con un santo incluido, ¿qué más se puede pedir?—dijo Luciano a manera de comentario.

—Sí, es un magnífico lugar—aseguró el padre—; el ambiente es muy saludable y mis hermanos de la congregación siempre están dispuestos a darme su apoyo. En cuanto a las frutas es una elección nuestra, agradable al paladar y buena para la salud, ¿está pensando en hacer un retiro?

Luciano lo miró sin comprender, pero el padre esbozó una leve sonrisa que lo hizo sentirse más tranquilo.

—Lo dije en broma, aunque cualquier persona que sienta que lo necesite puede hacerlo, sin necesidad de que sea en un lugar como éste.

—Si se refiere a vacaciones pasadas en las montañas o en lugares rústicos, cercanos a los bosques, entonces he estado en algunos—dijo Luciano sonriendo a su vez.

—Bueno, si en lugares como los que menciona hay tranquilidad y paz, pueden servir, pues solamente le faltaría la oración, el estudio y un examen de conciencia.

—¿Me está recomendando uno, padre?—preguntó el italiano.

—Bueno, en realidad tiene asuntos más urgentes en estos momentos, pero más adelante, ¿por qué no?—respondió Antonio.

—Lo pensaré, pero si me decidiera preferiría un lugar como éste.

—Eso puede arreglarse—dijo el padre tomando otra vez su vaso de jugo y llevándoselo a los labios.

—¿Tenemos un trato?—preguntó Luciano tomándole la palabra.

—Si está dispuesto a tener tratos con un sacerdote—dijo Antonio.

—¿Por qué no? los he hecho con tipos mucho peores y he salido ileso—dijo Luciano soltando una suave carcajada.

Antonio también rió de buen gusto. Se daba cuenta de que su amigo comenzaba a sentirse más seguro, comunicativo y menos tenso, lo que significaba que su trabajo sería mucho más fácil en lo adelante.

—Bien, estamos de acuerdo—aseguró el padre—, pero preferiría que no hiciese otros pactos con los "mucho peores que yo".

La última parte de la frase la dijo abriendo significativamente los ojos y mirando directamente a su interlocutor. Luciano lo entendió perfectamente, y para que se sintiera mucho más tranquilo, le aseguró con palabras elocuentes, que no tendría que preocuparse en el futuro por esos individuos con los que se había implicado más de una vez en asuntos muy peligrosos.

—Esté tranquilo padre, no volveré con ellos, aún no sé como solucionaré mis problemas, pero no será con la ayuda de esos hombres. Debe existir otro medio, y lo encontraré.

—Dios siempre está a su lado, aun en los momentos más oscuros, puede estar seguro de que El lo ha guiado hasta aquí y de que lo seguirá acompañando; estará muy orgulloso de que lo logre por sus propios medios.

—Confío en eso, padre Antonio, confío en eso—dijo Luciano.

En ese momento se presentó ante ellos el monje que les había servido la mesa.

—¿Necesitan algo más? pueden repetir si lo desean.
—Yo he concluido—dijo Antonio.
—Yo también estoy satisfecho—agregó Luciano—, pero me llevaría con gusto un poco de esa mermelada de frambuesas porque sospecho que el hermano Bartolomé puso sus manos en ella.

Ambos miraban al monje, pero éste, acostumbrado a tratar con el hermano Bartolomé a diario, no sabía qué decir. De modo que encogió los hombros y dijo no muy seguro:

—Es posible que la haya tocado, y hasta que la haya bendecido, no lo sabemos puesto que él ha hecho votos de silencio. De hecho, el que esté con nosotros es una bendición. De modo que si lo prefiere, le traeré un pote bien cerrado para que se lo lleve, así como cualquier otra cosa que desee.
Solamente la mermelada—dijo Luciano levantando las manos.

El monje se retiró y de nuevo quedaron solos en el refectorio. El italiano se sirvió un poco de agua mientras el padre estudiaba su rostro a hurtadillas, observando los progresos de su amigo. Se sentía satisfecho hasta el momento; el cambio de aire, el ambiente tranquilo, la conversación abierta y el espíritu transparente del hermano Bartolomé habían hecho su efecto en aquel hombre, poco acostumbrado a ese tipo de trato, aunque se notaba que su vida estaba ligada a su familia por tradición y que se había desviado del rumbo por causa de la situación aparentemente sin salida en la que se había visto envuelto, quizás por primera vez en su vida.

—Hermano Luciano, creo que es hora de volver a nuestra oficina—dijo Antonio invitándolo a levantarse con un gesto.
—De acuerdo, padre.

Abandonaron el refectorio sin lograr ver otra vez a Bartolomé. Atravesaron el extenso patio y volvieron a ocupar sus puestos, guardando silencio unos segundos, antes de que el padre Antonio tomara las riendas del asunto que los había llevado hasta allí.

—Amigo Luciano, si no tiene otra cosa de la cual arrepentirse, o que quiera contarme, porque crea que es importante, considero que está en condiciones de marcharse, aunque es libre de volver cuando lo desee. Sólo le haré dos recomendaciones, la primera: no se aleje de su familia, me refiero específicamente a que le cuente lo sucedido, estoy seguro de que lo entenderán y de que lo apoyarán; solamente con ellos podrá salir de la situación en la que se encuentra; la segunda: el sacrificio lo llevará a la tranquilidad de conciencia, por tanto, busque una solución honesta, aun cuando sea muy difícil, es la única vía para enmendar su conducta sin que le quede nada de qué arrepentirse en el futuro.
—Entiendo—murmuró el italiano—, en el camino de regreso iré pensando en ello.

El padre Antonio tomó su estola, murmuró las palabras de rigor para estos casos, y le otorgó la absolución.

—Y bien padre, ¿cómo podré agradecerle todo lo que ha hecho por mí?
—Nada de eso, hermano Luciano, Usted, con el apoyo del Señor, lo ha hecho posible. De nada hubiese servido mi concurso si Usted no estuviera realmente arrepentido de lo que hizo, si no hubiese tomado el camino para ponerse en sus manos; y la gran mayoría de las veces, sin que nos demos cuenta, El se hace cargo de nuestras vidas y nos lleva de la mano para lograrlo, porque no quiere que se pierda "ni uno solo de nuestros cabellos".
—Una última cosa, padre: ¿podría ver otra vez al hermano Bartolomé?
—Busquémoslo—dijo Antonio levantándose.

Otra vez recorrieron el patio, así como otros espacios abiertos del monasterio; indagaron en la cocina y en otros lugares. Finalmente lo encontraron en una de las capillas. Estaba arrodillado frente a la cruz en oración. Se sentaron en uno de los bancos del final. La espera fue larga, pues Bartolomé estuvo en aquella posición durante una hora, pero ellos guardaron un respetuoso silencio. Cuando se levantó, se fue retirando de espaldas, lentamente, hasta llegar junto a ellos. Se volvió y los miró a ambos; pero finalmente sus ojos se fijaron en Luciano, y para sorpresa de éste, sonrió de una manera tan abierta, que por un momento pensaron que rompería los votos de silencio y les hablaría, mas ello no fue necesario, su capacidad para comunicarse sin abrir los labios era tan elevada que comprendieron de inmediato que la expresión indicaba satisfacción por cómo había terminado todo. Como siempre hacía al final, tomó las manos de Luciano y se las colocó sobre su pecho, después lo abrazó como a un hermano que se marcha a un viaje importante. Luego miró de manera muy especial al padre Antonio, le tomó las manos, se las besó y se las estrechó efusivamente, lo que era una manera de decirle que lo había hecho muy bien. Después de eso, se retiró de la capilla haciendo una última inclinación en la puerta de la misma antes de desaparecer.

—Bien, hermano Luciano, es Usted libre.

Luciano se quedó de pié mirando hacia la cruz que estaba en el fondo de la capilla, luego hizo una leve inclinación y se volvió hacia el padre Antonio para preguntarle:

—¿Cómo puedo comunicarme con Usted directamente?
—Por el mismo número por el cual llamó antes de venir. El único número directo es el del jefe de nuestra orden.
—Bueno, trataré de mantenerlo al tanto, padre.
—No tenga prisa por tomar una decisión—dijo Antonio—, piénselo bien antes.
—Lo haré.

Antonio lo acompañó hasta la puerta del monasterio. Luciano se despidió dándole un fuerte abrazo y se dirigió a su camioneta, la que luego de algunos minutos de mucho ruido y humo, logró arrancar para llevar otra vez al mundo a su nuevo conductor, transformado por la gracia divina, que le había tocado en medio de sus tribulaciones.

Capítulo V

EMPLEO SINIESTRO

Había pasado un mes desde la última visita para el servicio de confesión, tiempo en el cual el padre Antonio sólo se dedicara a las oraciones, como todos sus hermanos de fe. Sin embargo, sus esporádicos contactos con personas del mundo exterior lo obligaban a pensar y lo mantenían preocupado por la suerte de los que acudían a él en busca de consejos, además de la absolución. Por eso pedía al Señor en sus oraciones, que encontraran el buen sendero, y que solamente regresaran para darle buenas noticias.

Un día gris, mientras realizaba su paseo matinal y esperaba algún rayo de sol que calentara su cuerpo, uno de sus hermanos le colocó una nota en la mano derecha. Se detuvo a leerla y quedó confundido. La misma decía así:

"Se solicitan sus servicios por una persona que no puede dar su nombre ni otros datos que lo identifiquen. Llegará mañana al mediodía".

No era amigo de los misterios, salvo los relacionados con la vida de Jesús, y no parecía lógico que una persona que necesitaba de sus servicios no quisiera identificarse, a menos que tuviera algún problema relacionado con su personalidad, o algo más que no lograba comprender. Continuó su paseo luego de releer la nota y guardarla en uno de sus bolsillos. Una vez terminada la caminata, se fue a la cocina, con tan buena suerte, que con el primer hermano que se encontró fue con Bartolomé. Entonces se acercó al santo monje y tomándole de las manos le dijo:

—Buen día hermano Bartolomé. Tengo un trabajo que hacer y creo que necesitaré su apoyo, ¿estará Usted disponible mañana al mediodía?

Bartolomé asintió esbozando una sonrisa, luego lo atrajo hacia sí y lo abrazó, para luego despedirlo con su elocuente silencio que le decía que él estaría allí y que no debía estar preocupado.

El padre Antonio pasó el resto del día en su oficina, leyendo y meditando. A las nueve de la noche se fue a la cama, como era su costumbre, y durmió sin interrupción toda la noche. Al amanecer, después de sus oraciones habituales, se dirigió al refectorio y desayunó con una taza de té, acompañada de dos tostadas con mantequilla. No fue hasta su oficina por el patio, sino a través de los pasillos interiores, pues la mañana era fría. Una vez en ella, releyó algunas páginas de libros que versaban sobre el tema de la personalidad, buscando el auxilio de los entendidos en esa materia.

Cerca de las diez de la mañana dio su paseo matinal y regresó media hora después para leer a San Anselmo, aunque sin ninguna razón en especial, más bien para equilibrar sus pensamientos, basándose en las ideas y concepciones de uno de los padres de la Iglesia. Se deleitaba con su pensamiento acerca de la existencia de Dios y su prueba fundamental, cuando tocaron a la puerta.

—Adelante—dijo de inmediato, sin sospechar que ya estaba allí la persona que había pedido la cita.

El hombre que penetró en la habitación no parecía un hombre común, como Luciano, ni un personaje distinguido, como Johan

Warner. Su rostro era inexpresivo, con ojos pardos, casi verdes, de fría mirada y tez pálida. Poseía cierta corpulencia y su talla rondaba los seis pies; vestía un traje gris claro, con zapatos negros y sus manos eran robustas.

—Buen día, padre—dijo el individuo con tono pausado.
—Buen día—respondió el padre Antonio poniéndose de pie y mirando su reloj—, es Usted una persona muy puntual.

Eran exactamente las 12 del día. El visitante asintió con un leve gesto de la cabeza.

—Tome asiento, por favor—dijo el padre indicándole la silla frente a su escritorio.
—Gracias—murmuró él mientras se sentaba.
—Bien—dijo el sacerdote para no dilatar el asunto—, mi nombre es Antonio; hace unos siete años que resido en este antiguo monasterio y además de la vida retirada, como todos los de mi orden, presto el servicio de confesión a las personas que lo solicitan directamente. ¿Puedo saber quién es Usted?
—Sí, padre. No acostumbro a dar mis señas a todos; tengo, o más bien tenía, un trabajo complejo. Le pido disculpas por ello. Mi nombre es Albert Nun y soy de origen belga.
—De acuerdo, señor Nun. Esta es una pequeña oficina que me ha facilitado el jefe de mi orden, pues prefiero confesar a las personas aquí y no en el confesionario. Es menos formal o quizás menos impresionante, aunque no se ve que Usted sea una persona impresionable.
—Sí y no—dijo el aludido.
—Puede explicarlo, supongo—dijo el padre a manera de sugerencia y tratando de introducirlo en el tema principal.
—Soy un hombre, no más que eso—aclaró el señor Nun—, y como tal, me puedo impresionar, aun cuando mi oficio no me permite hacerlo.
—¿Cuál es su oficio?

Albert Nun se acomodó en la silla, apretó los labios y miró fijamente a los ojos de su confesor.

—Me he dedicado a eliminar personas con un pasado oscuro, o que es nocivo para muchos.

Antonio no dijo nada, observaba la apariencia de aquel hombre sereno, frío, bien vestido y que medía cada palabra como si ahorrara sus energías. Comprendió entonces que se trataba de un individuo con un empleo siniestro, lo que significaba que la muerte rondaba a su alrededor.

—Es Usted un asesino por encargo—concluyó el padre Antonio.
—Así es—admitió el señor Nun sin inmutarse.
—Ya veo—dijo el padre—, por eso no dio sus señas ni su nombre.
—Vivo en el anonimato, es la única manera de sobrevivir en mi oficio.
—Señor Nun, creo que se siente realmente arrepentido, pues de lo contrario no estaría aquí.
—Así es.
—Pero debo saber, para poder ayudarle, qué lo hizo convertirse en un hombre tenebroso.

Albert Nun respiró profundamente, apoyó los codos sobre las rodillas y recorrió la pequeña habitación de una rápida mirada. Luego dijo:

—Es una larga historia, que no es agradable.
—Debo escucharla, es parte de mi oficio, aunque no me agrade.

El señor Nun lo miró ya sin tanta frialdad, cruzó los dedos de sus rudas manos y sin cambiar de posición comenzó su narración.

—Tuve una infancia normal en mi país de origen. Nunca me enfermaba y siempre fui fuerte y resistente, jugué al futbol, como casi todos mis amigos, aun cuando no le dediqué todo el tiempo necesario y no era dado a la violencia. Todo comenzó cuando ingresé en el ejército; era muy fuerte y resistente, como ya le dije, pero además aprendí a disparar con precisión, sobre todo a los blancos móviles. Eso me llevó a cumplir determinadas misiones en otros países, por una buena paga. A mi regreso, me dediqué a cuidar a ciertas personas con influencia y mucho dinero. Un día, un grupo de hombres masacró a toda una familia, incluidos tres niños. Un amigo mío y compañero en el ejército, que tenía amistad a su vez con las víctimas, me localizó y me pidió que liquidara a los asesinos, pues él no podría hacerlo, ya que sería uno de los sospechosos principales. La policía no pudo solucionar el caso, no tenía pistas. Sin embargo, unos vecinos, que no querían verse envueltos en asuntos judiciales, le suministraron a mi amigo información de mucha utilidad, que luego él me facilitó. Yo no tenía experiencia, pero los encontré, sólo me movía la venganza y no recibí ni pedí nada a cambio de lo que hice. Uno o dos años después mi amigo me contactó nuevamente para un trabajo similar, pero en otro país donde necesitaban a un desconocido, para no dejar rastros; mis futuras víctimas eran personas con un negro pasado y la suma por el contrato era elevada. Yo no tenía necesidades económicas, pero luego de conocer su historia no lo pensé. Me vi a mi mismo como un justiciero solitario, encargado de limpiar la mugre de la sociedad, sin darme cuenta que yo mismo formaba parte de esa inmundicia. Después de eso, no volví a regresar a mi país, desaparecí, me convertí en una sombra. Mi amigo era el único que podía localizarme, dejándome avisos en lugares públicos que yo le indicaba previamente, pues tampoco él conocía mi paradero. En un momento determinado llegué a creer que yo era una especie de "enviado". Perdí los mejores años de mi juventud eliminando a los "enemigos del mundo", mas el mundo sigue igual que antes.

Hizo una pausa, que el padre Antonio aprovechó para hacerle una pregunta muy específica:

—Dígame, señor Nun, ¿durante esas ejecuciones nunca hubo lo que se llaman daños colaterales?

—No. Siempre tuve especial cuidado de que murieran sólo los indicados, elegía con tiempo los lugares y los momentos, para que no sucediera lo inesperado.

—¿Por cuántos años ha realizado esos "trabajos"?

—Durante quince o dieciséis años.

—Dígame señor Nun: ¿siente remordimiento por lo que ha hecho?

Albert Nun no respondió de inmediato. Bajó la vista por unos segundos y después dijo:

—Al principio sentía satisfacción, poder. Dormía tranquilamente, sin sueños convulsos ni pesadillas. Pensaba y actuaba con sosiego, calculaba fríamente todas las variantes; no cometía errores. Pero en los últimos meses no he podido conciliar el sueño, mi habitación está llena de sombras, el sentimiento de poder que me embargaba al principio se ha convertido en miedo, y el mundo es cada día más violento, de modo que mi oficio no ha sido de utilidad y yo me he convertido en una especie de lobo solitario que le teme a todo.

Hubo otra pausa en la que el padre confesor pudo sentir los latidos de su propio corazón.

—El último contrato fue ofrecido por alguien que pidió conocerme personalmente, por el doble del precio. Deduje, y pude comprobarlo, que era uno de los perjudicados por mis trabajos anteriores, que buscaba venganza. En este tipo de oficio no se dejan cabos sueltos, así que era necesario eliminarlo, más en el momento crucial no pude apretar el gatillo. Entonces decidí desaparecer, viajando por diversos países para borrar mi rastro, ni siquiera mi amigo ha podido dar conmigo.

—Entiendo—comentó el padre—, ya no es Usted el cazador.

Antonio consideró que era hora de buscar a su santo hermano Bartolomé, para que el penitente aliviara sus tensiones y hablara con más libertad, pues le parecía, aunque quizás estaba equivocado, que sus pensamientos estaban divorciados de sus palabras. Por ese motivo cambió su vocabulario.

—Hermano Nun, ¿quiere acompañarme al patio? Quiero que conozca a alguien muy especial. Pierda cuidado, ha hecho votos de silencio, pero es importante que lo vea.

Albert Nun dudó unos instantes, sopesando los riesgos, detalle del que se percató el padre Antonio, que esperó pacientemente por su decisión.

—De acuerdo—dijo finalmente el hermano Nun.

Antonio se puso de pie y le precedió hasta la puerta, la abrió y lo dejó pasar, después lo precedió otra vez por el pasillo hasta llegar al patio. Había una pizca de sol, algo que apreciaba mucho, pero no vio a ninguno de sus hermanos por los alrededores. Se dirigió hacia la cocina, seguido de cerca del señor Nun, mas Bartolomé no estaba allí, de modo que se dirigió a la capilla donde lo habían encontrado su amigo Luciano y él la última vez, pero tampoco lo halló. Decidido a encontrarlo a toda costa, revisó todas las capillas, pero fue en vano. Finalmente, lo vio en el patio interior, detrás del templo principal, arrodillado en el jardín en silenciosa oración.

Se volvió hacia su amigo penitente y le hizo señas de que se sentara en uno de los bancos cercanos para esperar a que el hermano Bartolomé terminara con sus oraciones.

Albert Nun obedeció en silencio. Bartolomé continuó inmutable durante varios minutos, sin cambiar de posición. Cuando comenzaban a creer que la espera sería muy larga, el santo monje se irguió y se acercó a ambos mostrando un rostro sombrío mientras observaba fijamente al visitante. El azul de sus ojos se oscureció; su boca se contrajo y pareció sumirse todo él en una honda tristeza. Sus manos se fueron acercando lentamente al cuerpo de Nun, como si no quisieran llegar a su objetivo; cuando se apoyaron en el pecho de éste, cerró los ojos y se estremeció. Se mantuvo inmóvil por espacio de varios minutos, en el transcurso de los cuales varias lágrimas corrieron por sus mejillas. Antonio observaba a uno y a otro, pidiendo en su interior al Señor que la estancia del hermano Bartolomé en el monasterio fuera muy extensa. Finalmente, el monje se arrodilló a los pies de Nun y colocó su frente en el suelo. Mientras, el rostro del visitante se fue transformando poco a poco. Primero palideció, luego se contrajo perdiéndose la mirada en el infinito, a pesar de que se encontraban rodeados de gruesas paredes, porque se trataba del infinito de sus recuerdos, seguramente muy tristes en su mayoría, que comenzaban a aflorar en su mente gracias a los buenos oficios de aquel hombre que se encontraba ante él.

Cuando el hermano Bartolomé se puso en pie, aún con los ojos cerrados, la recia figura del señor Albert Nun se distendió por fin. Fue él quien, sin titubeos, se acercó a su hermano y lo abrazó con fuerza al tiempo que sus ojos, secos durante muchos años, dejaron escapar algunas lágrimas que no trató de ocultar. Bartolomé no abría sus ojos, pero lloraba amargamente por las penas de su prójimo, las que, por la gracia del Señor, él conocía como nadie.

Después de un largo rato fundidos en un abrazo, el hermano Bartolomé y Albert Nun se separaron. El primero abrió por fin los ojos mirando con tal ternura a su amigo penitente, que éste se arrodilló a su vez ante él diciéndole:

—¡Perdóneme hermano, perdóneme!, no tenía que haberme recibido, soy un hombre con un terrible pasado y no debería estar ante usted.

Por toda respuesta Bartolomé lo tomó de las manos y lo hizo ponerse de pié, tomó también las del padre Antonio para mantenerlas todas unidas mientras oraba en silencio.

Luego de unos minutos inmóviles, el santo monje se arrodilló ante el padre Antonio, juntó las manos y esperó, Este supo de inmediato que su hermano de fe le estaba pidiendo la bendición, y no se hizo de rogar, aun cuando estaba convencido de que era él y no Bartolomé quien debería pedir la bendición.
Por eso colocó su diestra sobre la cabeza del monje y dijo:

—Que Dios te bendiga, hermano Bartolomé, ve en paz.

Bartolomé se retiró despacio y con el rostro ya no sombrío, sino más bien radiante, agradecido. Ambos lo miraron alejarse, uno sin comprender del todo quién era aquel hombre, pero sin dudar de que se trataba de un ser extraordinario, y el padre Antonio con plena conciencia de que se trataba de un santo.

Albert Nun se volvió a sentar, cabizbajo. Se notaba muy apesadumbrado, como despojado de su férrea coraza, la misma que le acompañara durante gran parte de su vida, impresionando a sus semejantes o defendiéndose de ellos. Antonio lo dejó estar, para que asimilara aquel encuentro tan fuera de lo común que acababa de sostener y que seguramente marcaría un cambio determinante en su existencia. Se sentó junto a él sin decir una palabra, acompañándolo en silencio en aquel momento difícil y crucial por el que pasaba.

Luego de unos cinco minutos concentrado en sus pensamientos, el señor Nun se volvió hacia el padre Antonio para hacerle una pregunta:

—¿Qué puedo hacer para borrar mi pasado?
—No tengo esa respuesta, hermano Nun—contestó Antonio—, pero le diré algo: no es posible borrar el pasado, porque sería

como borrar lo que hemos vivido. Es más, si lo borra, si lo olvida, pudiera suceder algo similar en el futuro. No hermano, creo que debe conservarlo en su memoria, como ejemplo de lo que un hombre jamás debe hacer, que es alejarse de Dios, porque eso significa que se ha alejado del amor, el amor por el que fuimos creados, el amor por el cual Usted fue engendrado, con el que fue criado y educado desde niño. Si no fuera por ese amor sin condiciones, no hubiera vivido esta experiencia que acaba de pasar, por la cual su espíritu ha sido liberado del mal por el que estaba poseído.

—No tengo ni siquiera hijos, padre, y mis familiares no conocen mi paradero, vivo en el ostracismo—objetó Nun.

—Es Usted joven aún—replicó Antonio—; es digno de formar una familia, y digo digno, porque todos los hombres somos dignos ante Dios, eso es algo que nadie puede quitarnos. Satanás trata de empañar nuestra dignidad y muchas veces lo logra, mas el señor, por su gran misericordia, nos sigue amando porque simplemente somos sus hijos y ningún padre, mucho menos El, deja de tener en gran estima a sus hijos.

—Supongo que Usted sí conoce el paradero de sus familiares—comentó de nuevo Antonio.

—Sí, claro.

—Debe ponerse en contacto con ellos. No tema decirles la verdad.

—¿Y en cuanto a ponerme en paz con mi hermano?—preguntó Nun.

—Si se refiere a lo que dicen los evangelios, le será difícil—dijo el padre Antonio—, los que perdieron a un ser querido no aceptarán perdonarlo fácilmente, mas nada es imposible para Dios.

—¿Sabe padre?, en realidad no temo a que me quiten la vida—dijo Nun—, lo que me duele es haberla desperdiciado, que es peor que perderla.

—La ha desperdiciado hasta ahora—replicó el padre Antonio—depende de Usted mismo que en el tiempo que le queda la siga desperdiciando o no.

Albert Nun volvió su mirada hacia el lugar donde había estado orando el hermano Bartolomé para revivir en su mente los pocos minutos compartidos con aquel hombre tan especial, que embriagaba de felicidad a todos con su expresivo y cautivante silencio. Después de unos minutos de vacilación, se irguió, dio unos pasos hacia delante, alejándose de Antonio, se volvió y le dijo:

—Debo continuar mi confesión.
—De acuerdo—dijo el padre Antonio al tiempo que se ponía de pié y le precedía.

El padre Antonio pasó primero por el refectorio y se sentó frente a una de las mesas invitando a Nun con un gesto de su diestra. Este le obedeció, pero aclaró:

—No tengo hambre, padre.
—Bueno, puede acompañarme tomando un refresco, o alguna fruta, o un poco de té—replicó Antonio.
—Como guste—dijo Nun acomodándose en una de las sillas.

Aunque ya la hora del almuerzo había pasado, uno de los hermanos monjes se acercó solícito y preguntó:

—¿Qué desean comer hermanos?
—Yo tomaré la sopa de verduras que anunciaron para hoy—dijo el padre—, con alguna fruta y una rebanada de pan.

Albert Nun vaciló unos momentos, luego dijo:

—Bien, comeré un par de manzanas, si tienen.
—Sí tenemos—respondió el monje—y agregó: hay también melocotones, peras, uvas, albaricoques...
—Me conformo con dos manzanas—le interrumpió Nun.
—¿Algún refresco?—insistió el monje—, tenemos de todas esas frutas.

—De acuerdo.

El hermano se retiró con paso rápido y al minuto regresó con una bandeja con todo el pedido. A continuación, el padre bendijo los alimentos y comenzó a tomar la sopa, que despedía un delicioso olor. Nun cortó a la mitad una de las manzanas y comenzó a comer, despacio, saboreando la dulce fruta de color rojo. Comieron en silencio por espacio de unos dos minutos. Cuando Antonio hubo terminado su sopa, se volvió hacia su compañero y le preguntó:

—¿Cuál es su menú favorito para el almuerzo?
—Siempre he comido carne en todas las comidas, salvo en el desayuno, pero esto es mucho más sano.
—Me acostumbré a ingerir carne en el ejército, que en ocasiones se variaba con pescado y huevos—explicó Nun—; para mantenernos en forma realizábamos muchos ejercicios físicos, por tanto, era imprescindible comer proteínas de origen animal.
—Lo que es bueno para los músculos es dañino para otras partes del cuerpo—señaló Antonio tratando de amenizar el almuerzo.
—Es cierto—dijo Nun—, pero no he logrado acostumbrarme a comer otras comidas, hasta ahora.
—Inténtelo—propuso el padre.
—Haré la prueba—dijo Nun—, y agregó: en realidad tengo que cambiar muchas cosas, quizás pueda comenzar por la comida.
—Es un buen comienzo—aseguró el padre complacido.
—En su caso—continuó Antonio—, un cambio, por pequeño que sea, significa algo importante. El hecho mismo de venir hasta aquí porque se ha convencido de que su vida anterior no tenía sentido no es precisamente un pequeño cambio, es el fundamental. Es el punto inicial y sólo partiendo de ahí usted puede convertirse en otro hombre, y eso depende siempre del infinito amor del Señor. De no ser por Él, aún sería usted el mismo.
—Eso puede resultar confuso, padre—dijo Nun.
—Cierto—admitió Antonio—. Muchos hombres no entienden por qué Dios nos deja caer para luego levantarnos; consideran que ese no actuar de Él provoca el mal en el mundo. "El Señor

confundirá aún a los más sabios" dice el profeta Isaías. Gran parte de la humanidad no comprende todavía por qué Jesús murió en la cruz, piensan que eso no era necesario para que aceptáramos a Dios; otra parte toma eso como justificación para rechazar la religión, no admiten esa aparente debilidad del Señor que no se aviene con un ser omnipotente. Pero sucede que El nos deja libres para elegir. Somos nosotros quienes nos dejamos tentar, pero El no lo quiere así. Ningún padre desea el mal para sus hijos.

—Pero si puede salvarme ahora, ¿por qué no antes?—preguntó Nun.

—Porque El quiere que nosotros encontremos el camino que nos muestra a diario y de mil maneras, pero sucede que nos negamos a mirar hacia donde debemos o simplemente cerramos los ojos.

—No hay peor ciego..., que el que no quiere ver—concluyó Nun, que parecía comenzar a entender.

—La historia del hombre ha sido y es un continuo debate entre lo que sabemos que no debemos hacer y hacemos, por una parte; y lo que quisiéramos hacer, porque sabemos que es bueno, y no hacemos.

—Como consecuencia de un mal—continuó Antonio—, elegiste el camino de la violencia y ya ves hermano que eso no solucionó nada, tú mismo te has percatado que el mundo sigue como antes, y al mismo tiempo, te sientes peor que nunca. La violencia no resuelve ningún problema entre los hombres, porque es producto del orgullo, de la soberbia, de la envidia, del odio, del miedo. Se ha justificado con muchos conceptos: legítima defensa de los derechos humanos; espacio vital; defensa nacional; venganza; reivindicación de territorios usurpados, etc. Sin embargo, es sólo la manifestación de las bajas pasiones humanas, que los políticos manipulan muy bien para lograr sus intenciones. Existen tres ejemplos de que la "no violencia" es más fuerte que la violencia: el primero es Cristo, quien con su humildad y con su sacrificio, hizo que millones de hombres, incluyendo a sus propios verdugos, se convirtieran en seres humanos verdaderos; el segundo es Mahatma Gandhi, quien con sus protestas pacíficas venció a un imperio y convirtió a la India en una nación; el tercero es Nelson Mandela, quien sufrió 27 años de prisión por proclamar que el sistema que imperaba en su país era injusto, pues todos los hombres somos iguales ante Dios, y cuando su pueblo venció a la tiranía, no permitió la revancha contra sus hermanos de piel blanca. El también convirtió a su país en una nación. Si alguien se negara a aceptar el primer ejemplo, debido a la esencia divina de Jesús, no se atrevería a rechazar a los otros dos, pues sus protagonistas son hombres de carne y hueso.

—No soy muy bueno en historia—dijo Nun—, y aunque he oído hablar de ambos no conozco cómo lograron vencer al poderío de sus enemigos.

—Creo que podemos resolver eso, tengo algunos libros sobre ellos, entre los cuales están sus biografías—aseguró el confesor.

Terminaron el ligero almuerzo y se dirigieron a través del patio hasta la oficina utilizada como confesionario. Una vez en ella, el padre Antonio invitó a sentarse a su hermano Nun y se puso a revisar los títulos de los diversos libros que tenía en los estantes que se encontraban pegados a las paredes. Cuando encontró los que buscaba los colocó sobre su escritorio y se sentó a la espera de que el visitante continuara su confesión.

Nun se arrellanó en su asiento mientras buscaba cómo continuar con la segunda parte de su confesión, que consideraba más difícil que lo que había dicho hasta ese momento. Se decidió al final por decirlo según le llegaran los recuerdos, sin importar su orden cronológico.

—En una ocasión en la que liquidé a dos personas, de ésas que tenían un negro pasado, una de ellas aún estaba viva después del segundo disparo. No sé de donde salió un sacerdote o un pastor de una iglesia, se puso delante del hombre que agonizaba y me suplicó que no le disparara de nuevo.

—Recuerdo sus palabras textuales:—continuó Nun— "no te condenes tú mismo hijo", pero lo aparté delicadamente y terminé mi trabajo con mi calma habitual. Aquel hombre sostuvo al

moribundo entre sus brazos hasta que expiró. Luego escuché las palabras que decía mientras yo me alejaba:
—Perdónalo Señor, no sabe lo que hace.
—Pero yo sabía perfectamente lo que hacía—dijo nuevamente Nun— lo sabía muy bien.

Antonio escuchaba sin moverse, tratando de reproducir en su mente todo lo sucedido. Nun contaba los detalles sin variar el tono de su voz, sin apresurarse. Su serenidad, que para su confesor procedía de la convicción de que su vida hasta ese momento había transcurrido en el lado equivocado, hacía la historia más espeluznante aún. La relación de los hechos parecía que podía volverse interminable.

—Un día invernal acechaba a un hombre que tenía por hábito comprar chocolates en una tienda cercana a su casa. Siempre iba solo. Sin embargo, había varios niños jugando en la nieve y no era prudente entrar con él a la tienda buscando la oportunidad, pues llamaría innecesariamente la atención. Estaba decidido a dejarlo para otro momento cuando aparecieron unos desconocidos y asaltaron la tienda. Me acerqué rápidamente y desde atrás disparé sobre mi presa impunemente. Los asaltantes ni siquiera se percataron pues siempre usé silenciador y los niños desaparecieron al ver llegar un automóvil cargado de maleantes. Los hijos de mi víctima nunca supieron que su padre había sido asesinado, creyeron que por pura casualidad había muerto durante el asalto; aún deben sentirse culpables por haber pedido sus chocolates.

Albert Nun pareció rebuscar en sus recuerdos antes de continuar. Luego respiró hondo y siguió su relato:

—Realicé otro trabajo en la costa del mediterráneo. Se trataba de un personaje muy bien protegido, que sólo frecuentaba lugares conocidos por él, donde era difícil preparar un atentado, incluso para un asesino solitario como yo.

—Para poder acercarme utilicé un ardid poco común: robé un Mercedes Benz, coloqué en su parte delantera la bandera de un país vecino y dos maniquíes en el asiento trasero. Cuando salía de uno de esos lugares que frecuentaba intercepté su automóvil y su chofer detuvo la marcha para dejarme pasar, pensando que era el embajador u otro personaje del país al que pertenecía el estandarte que portaba el automóvil. Era mi única oportunidad. Después de liquidar a mi víctima aceleré la marcha al tiempo que dejaba bajo sus ruedas una granada, de modo que no les fue posible seguirme, pues su coche quedó inservible. En un lugar apropiado había dejado otro auto robado, abandoné el Mercedes y continué mi huida hasta un lugar cercano a la frontera donde estaba hospedado como turista. Pagué mi cuenta y pasé al otro país, del cual partí ese mismo día en avión.

—¿Sólo murió el elegido?—preguntó Antonio, aunque la pregunta le pareció sin sentido. Cualquiera que fuera quien muriera era un cruel asesinato, pero había reaccionado casi mecánicamente para comprobar lo dicho por Nun anteriormente: que sólo morían los indicados.
—Solamente murió el que era mi objetivo. La granada era de poca potencia, con la única intención de dejar inservibles las gomas e impedir la persecución.

Albert aspiró una bocanada de aire antes de continuar. El padre Antonio casi contenía la respiración mientras esperaba la próxima narración,

—Hubo otro trabajo en una ciudad muy populosa. El individuo era de la clase alta y le gustaba frecuentar ciertos teatros, lo que significaba que cumplir con el encargo era de mucha complejidad. Con la indumentaria de los trabajadores de cierto teatro logré circular con libertad en uno de esos días de mayor concurrencia. Ejecuté a mi víctima en uno de los baños, después de dejar sin sentido a sus dos escoltas con formol. Salí sin ser perturbado por una de las puertas del personal del servicio dejando un gran revuelo tras de mí.

—Supongo que nunca fue detenido como sospechoso—comentó el padre Antonio.
—No, nunca dejé pistas que pudieran llevar hasta mí a la policía ni a los posibles vengadores. De hecho, todos los crímenes quedaron impunes.
—Salvo para el Señor—aclaró Antonio.
—Sí—confirmó Nun—creo que El ha sido muy paciente conmigo.
—¿Y no cree que eso significa que su inmensa misericordia lo ha salvado?

Albert Nun no respondió de inmediato. Bajó la cabeza y encogió los hombros, como si fuera a esconderse.

—Me siento como un enorme fardo, pesado e inservible, que no se puede dejar en ningún lugar.
—Entiendo cómo se siente, pero cuidado, porque siempre podrá recostarse en Cristo Jesús, nuestro salvador. El es el manto donde podemos secar nuestro sudor y nuestras lágrimas, quien siempre y a toda hora nos recibirá con los brazos abiertos, es nuestra única fortaleza verdadera, quien lo soportó todo por nosotros aunque no queramos aceptarlo; y sin El estaríamos perdidos, desorientados, pues es el que tiene mil maneras misteriosas para hacernos volver al camino.
—Estoy en medio del camino padre, pero no sé qué dirección tomar.
—Debe darle un sentido a su vida, hermano Nun. Es difícil para un hombre que eligió la muerte por compañía, mas como ya le dije antes, nada es imposible para Dios.
—¿Qué me recomienda Usted?—preguntó Nun.

Antonio no respondió de inmediato. No estaba seguro de la actitud que podría asumir su interlocutor si le decía lo que tenía en mente. Era un hombre al que le sobraban enemigos. Se puso de pie y dio unos pasos por la habitación para tomarse su tiempo. Se detuvo frente a uno de los libreros y lo recorrió con la mirada, que terminó sobre el dorso de una versión de los evangelios. Se volvió hacia su hermano y le dijo:

—Primero debe ponerse en paz consigo mismo; después..., después debe ponerse en paz con su hermano.

Nun arrugó el entrecejo demostrando que no comprendía, lo cual no extrañó al padre Antonio, pues se trataba de un hombre que siempre había estado alejado de Dios, y en realidad a él mismo le costaba trabajo decirle lo que pensaba, considerando que su papel en aquel asunto no debería pasar de la confesión, pues aunque Nun parecía una persona equilibrada mentalmente, podría tomar una decisión impredecible si se viera en una callejón sin salida.

De modo que sugirió que buscara la respuesta en los Evangelios, colocando una versión del Nuevo Testamento sobre los otros dos volúmenes.

—Tiene todo el tiempo del mundo, hermano Nun. Debe emplearlo en cosas que le sean de utilidad, como leer buenos libros, visitar museos, caminar por el campo mientras medita, para lo cual deberá ejercitar su mente.

Agregó un pequeño folleto titulado "Para meditar", que no mencionaba al autor en la carátula, y continuó:

—Deberá también asistir a misa, el poder escuchar la palabra de Dios le ayudará a comprender mejor las escrituras, así como el mundo en el que vivimos. Puede además, si lo desea, participar en alguna obra de caridad, eso le ayudará a no despreciarse a sí mismo por el mal que ha hecho. Le recomiendo que esa caridad no consista en dar dinero, sino más bien en alguna actividad en la que tenga que visitar personas con diversas necesidades, hacer

gestiones por ellas, acompañarlas. Si además puede aportar algo económicamente está bien, pero que no se quede ahí.
—Comprendo—dijo Nun.
—Bien, le he dado algunas sugerencias—explicó Antonio—, Usted puede incluir otras ideas. Ahora continúe su confesión.

Albert Nun llenó nuevamente de aire sus pulmones, se recostó en su silla y cruzó los brazos sobre el pecho. Rebuscó unos momentos en su mente y continuó su relato.

—Una vez me encargaron eliminar a un hombre que era un profesor importante en determinada institución, y que como otros personajes en los que había trabajado, tenía un pasado muy denigrante, en el que se incluía el asesinato. En su residencia estaba instalado un sistema de seguridad muy moderno, que no era posible burlar, por lo que tuve que buscar mi oportunidad en el trayecto de la casa a su trabajo. Le disparé un dardo envenenado aprovechando el momento en que tomaba un periódico en una concurrida vía pública. Luego me quedé a una distancia en la que no podría ser testigo, pero desde la que pude confirmar su muerte. A los tres minutos estaban allí los paramédicos, pero no pudieron hacer nada. Vi muchas caras consternadas ese día, mientras yo seguía mi camino satisfecho y sin contratiempos.

—¿Tenía familia ese profesor?
—Sí, casi siempre esas personas con un negro pasado tienen una hermosa familia.
—¿Supo algo de ella?
—Poco, pues desaparecí del lugar en breve. Nunca me preocuparon los familiares de esas personas, sólo los parientes de los que habían sido sus víctimas.

Antonio guardó silencio, sus preguntas eran solamente para puntualizar algo del relato que no le había quedado claro, y que quería tener presente para valorar la mentalidad de su hermano, quien continuaba su penosa historia contando otro de sus crímenes.

—Una vez tuve que viajar a América. Cierta persona necesitaba un extranjero para ultimar a un individuo muy peligroso, que había liquidado a muchos hombres que trabajaban para él. El plan era que se aprovecharía la estancia de la futura víctima en un pequeño hotel donde solamente estaría rodeada de su familia y sus escoltas personales. Además, el lugar estaría prácticamente acordonado por sus hombres. Como se tenía la información de antemano, visité el lugar un mes antes y me convencí de que no era posible llegar sin ser visto.

—Una semana antes supimos que mi posible víctima preparaba un regalo especial para su esposa: una canasta de flores. Cuando las mandó a buscar me fui dentro del maletero y me quedé en el camino, una vez pasado el cordón exterior. Esperé la noche en un lugar seguro y en la madrugada subí por la parte más escarpada hasta su habitación. Nadie pudo imaginarse que llegaría por ese lugar, así que adormecí al guardia que custodiaba la puerta, con un dardo especial, y luego pasé a la habitación. Lo demás fue sencillo para mí. Al amanecer, cuando ya me encontraba volando sobre el Atlántico, sus allegados lo supieron.

—¿Y en ese caso cómo pudo confirmar que esa persona había cometido crímenes?

—Tengo amigos en América.

—¿Amigos?—preguntó Antonio con tono significativo.

—Digamos que se trata de buenos contactos, hombres que conocen el oficio, muy profesionales. Hay ciertos códigos que se respetan.

—Ya veo—dijo Antonio—, normas para matar, como en su caso. Solamente se eliminan asesinos a los que la justicia no ha podido condenar.

—Así es—afirmó Nun—no existen jueces ni jurados, sólo acusadores y verdugos.

—Continúe—dijo de nuevo Antonio.

—Después de eso desaparecí por un tiempo. Me fui a las islas griegas; estuve en Cadmos, donde vivió sus últimos años el apóstol Juan. No sé si fue lo que vi allí, lo que escuché, o la simple presencia de Dios, pero algo cambió en mí. Me quedaba a ver la puesta del sol, me acostaba tarde observando el firmamento y me levantaba temprano para ver el amanecer. Comencé a preguntarme quién había hecho tantas maravillas y por qué intentábamos destruirlas de forma tan absurda. En fin, comencé a ver el mundo con otros ojos. Aprendí que la gente sencilla vive mucho mejor, pues tienen menos preocupaciones, y por tanto, son muy saludables físicamente.

—Así que estuvo en Cadmos. Debe haber sido una magnífica experiencia—comentó el padre Antonio—, pues Juan era el hombre más allegado a Jesús entre todos los apóstoles.

—¿Estuvo mucho tiempo por allí?

—Unos dos meses. Luego, cuando regresé recibí la última propuesta de trabajo sobre la que ya le conté, así que evité ser localizado; recogí mis pertenencias, y viajé por distintos países para borrar mis huellas. Al final, cansado de huir de mi propio pasado, decidí enfrentarme con la realidad y busqué ayuda.

—¿Y cómo me encontró?

—A mí me conoce un grupo muy reducido de personas, pero no es así en su caso—respondió Nun.

—Consulté con un sacerdote—continuó Nun—, le expliqué que sería muy difícil escucharme y después ayudarme. Entonces me mandó con un obispo que lo conoce a Usted, quien me informó cómo localizarlo y pedirle una cita para que escuchara mi confesión.

—Y para Usted viajar no es un problema—comentó Antonio.

—No, he descubierto que es muy reconfortante, se conocen muchas personas, lugares hermosos...

Albert Nun dejó sus palabras en suspenso, mientras, el padre Antonio tomaba su estola de una clavija incrustada en la pared, a sus espaldas, se la colocaba alrededor de su cuello y lo miraba detenidamente, para después preguntarle:

—¿Tiene Usted algo más que confesar?

—Mi falta de fé. No visito un templo desde que era un niño. Durante años ni siquiera me acerqué a uno, ni tomé una Biblia en mis manos, y creyendo que calmaba el dolor de unos, mediante la venganza, le di la espalda al único que podía salvarme.

—El mismo hecho de haber venido hasta aquí dice mucho a favor de su fé—replicó el padre Antonio—. De modo que, aunque ése fue el primer pecado y el que dio pié a todo lo que vino después, ya lo ha superado.

Acto seguido el padre Antonio le dio la absolución, a continuación le preguntó:

—¿Hizo la comunión cuando era pequeño?
—No.
—Entonces deberá prepararse, pues no podrá estar en comunión con el Señor hasta que lo haga.
—Lo haré sin falta—dijo Nun.

Cuando salieron al patio les esperaba una sorpresa: el hermano Bartolomé se encontraba con una tina, una jarra de agua al lado, una silla y una toalla al hombro. Albert Nun miró al padre Antonio sin comprender. Este sólo le dijo que caminara hacia su silencioso amigo. Una vez frente a él, Bartolomé le indicó que se sentara, luego le quitó los zapatos y las medias, y muy despacio, le lavó cuidadosamente los pies. Después oró en silencio, de rodillas, durante unos minutos. Finalmente se levantó y se apartó para que Nun pudiera marcharse. Este continuaba impresionado al contemplar el rostro resplandeciente de Bartolomé y su manera silenciosa de decir, sin embargo, a pesar de su sorpresa, se marchaba mucho más tranquilo y seguro. Para el padre Antonio quedaba claro que su amigo tendría un futuro distinto al que vislumbraba antes de entrar en el monasterio y dio las gracias a Dios por su misericordia. Cuando llegaron a la puerta principal, Nun se volvió para despedirse, mas no tendió la mano a su confesor, sino que le dio un fuerte abrazo antes de decirle:

—Muchas gracias, padre Antonio. Nunca pensé que mi visita a este monasterio fuera una resurrección para mí, realmente no me lo esperaba.

—Ya lo ve—replicó Antonio—, el Señor todo lo puede.

Albert Nun se dirigió a su auto. A sus espaldas escuchó por última vez la voz del padre Antonio:

—"El Señor es mi pastor, nada me falta", busque esas palabras en el libro de los Salmos, es el comienzo de una oración del rey David dirigida al Señor, le hará mucho bien.

—Las buscaré—dijo Nun saludando con un gesto de su mano derecha al padre Antonio.

Capítulo VI

REVELACIÓN

El padre Antonio no recibió solicitudes de confesión durante unos tres meses, tiempo que dedicó a sus oraciones y al servicio de los hermanos de la Orden. Se preguntaba qué habría sido de Luciano y Albert, qué caminos habrían seguido luego de sus desgarradoras confesiones, especialmente la del segundo. Oraba en las noches por ellos, confiando en que el Señor los guiaría por la senda del bien.

A los tres meses y dos días, a mitad de la mañana y mientras barría las hojas secas dentro del patio del monasterio, escuchó un sonido inconfundible para él: provenía de la camioneta de Luciano, que acababa de llegar. Las puertas se abrieron y aparecieron el propio Luciano y otro hombre canoso, de mediana estatura, que caminaba con la ayuda de un bastón. Antonio apoyó sus manos en el palo de la escoba y esperó. Por sus rostros pudo adivinar que le traían buenas noticias.

—Buen día, padre Antonio—dijo Luciano sonriendo y tendiendo su diestra.
—Buen día, amigo Luciano—dijo el padre estrechando su mano—, puedo adivinar que son buenas noticias las que me traes.
—¿Porque no he avisado de mi visita?
—No, porque soy bueno leyendo los rostros—contestó Antonio.

—¿Y qué le dicen los nuestros?—preguntó de nuevo Luciano.

—Que las cosas marchan mejor que cuando viniste a confesarte.

—Y lleva razón. Aquí le presento a mi amigo Laureen, aún habla con muchas dificultades, pero puede oírle y responder articulando algunas palabras, más la mímica.

—Mucho gusto, amigo Laureen—dijo Antonio estrechándole la mano al nuevo visitante—, me alegra verlo caminar.

—El gusto es...—dijo Laureen tocándose el pecho con el pulgar de su mano derecha.

El padre Antonio asintió e indicó con un gesto que le siguieran. Colocó la escoba sobre su hombro derecho y los precedió a través del patio.

—¿Cómo está el hermano Bartolomé?—preguntó Luciano mirando a un lado y a otro con la esperanza de ver al santo monje.

—Hoy solamente lo he visto en el refectorio sirviendo el desayuno— respondió Antonio.

Una vez en la oficina, Antonio les invitó a sentarse, seguidamente tomó asiento él y preguntó.

—¿Y bien, cuáles son las buenas noticias?

—¿Impaciente?—Respondió Luciano con otra pregunta.

—Por supuesto, ya han pasado unos tres meses y aquí, dentro de estas paredes, el tiempo no pasa tan vertiginosamente como allá afuera.

—Bueno, no lo haremos esperar—dijo Luciano levantando una mano—, le diré en síntesis lo que ha ocurrido: después de un mes y 15 días, aproximadamente, mi amigo Laureen logró caminar por sí mismo trechos cortos, y con la ayuda de un bastón las distancias más largas; el doctor dijo que ya podía ir a su casa y poco a poco ir restableciéndose. En ese tiempo estuve indagando varias cosas. Busqué asesoramiento, y luego de algunas dudas, decidí abrir un taller propio, para lo cual necesitaba un socio que estuviera interesado en aventurarse conmigo.

—Y ese socio...—comenzó a decir el padre Antonio.

—Lo tiene sentado a mi lado. Ambos ahora tenemos trabajo, aunque por el momento Laureen se limita a dar sus opiniones. Pero ya hemos ganado lo suficiente como para tener un empleado, así que próximamente lo contrataremos.

—¡Pues eso es un éxito!—exclamó Antonio.

—Y es muy probable que no tenga que pensar en hipotecar de nuevo mi casa—agregó Luciano.

—¿Y los asuntos familiares cómo van?—preguntó nuevamente Antonio.

—Bueno, las cosas marchan mejor. Mi esposa y mis hijos ayudan a la esposa de mi amigo con su hija, ahora vivimos relativamente cerca—aclaró Luciano.

—¿Y tu esposa sabe lo sucedido?

—Claro, para poder hacer todo lo que hemos hecho mi familia, y ella en especial, debían conocer los detalles—explicó el italiano.

—Lo lograste, amigo—dijo Antonio aún sorprendido—todavía me parece un sueño.

—¿Un sueño?—preguntó Luciano, y agregó: pues es Usted, padre, un hacedor de sueños.

El padre Antonio sonrió, pero movió suavemente la cabeza a un lado y a otro, luego dijo:

—Bendito sea el Señor por haberlo hecho.

—Sí, bendito sea el Señor, por haberle dado el don de la sabiduría—agregó Luciano.

—Bien hermanos—dijo el padre Antonio abriendo los brazos—, esas son noticias mejores que las que esperaba. De modo que debemos celebrarlo: los invito a tomar una taza de té o jugo de frutas.

—Por mí está bien. Aunque si fuera posible que nos acompañara el hermano Bartolomé yo estaría muy satisfecho.

—Bueno, él aparece cuando es necesario, o si se le llama expresamente. Podemos ir al refectorio o llamar para que nos sirvan aquí, ¿qué desean hacer?

—Podemos esperar a que nos sirvan aquí— sugirió Luciano.

Laureen hizo un gesto negativo con la cabeza e indicó con otro movimiento de sus manos que prefería caminar hasta el refectorio.

—De acuerdo—dijo Antonio—, caminaremos hasta el refectorio, quizás nos encontremos con el hermano Bartolomé.

Salieron al patio y comenzaron a caminar en dirección a la cocina, se movían despacio debido a Laureen, quien observaba con detenimiento el imponente aspecto del monasterio. Mas cuando llegaron no vieron a Bartolomé. Les informaron que se encontraba en su habitación, de modo que se decidieron a hacer el pedido allí mismo y luego se dirigieron al refectorio para sentarse.

Minutos después se presentó uno de los monjes con una bandeja y tres vasos con jugo de melocotón y unos pastelillos. Una vez consumida aquella merienda-desayuno dieron un recorrido por el monasterio para que Laureen lo conociera, sin embargo, no encontraron al hermano Bartolomé. Terminado el recorrido, volvieron a la oficina de Antonio, un tanto triste Luciano por no haberse encontrado con el resplandeciente rostro del monje silencioso.

—No te aflijas, amigo Luciano—le dijo el padre Antonio—, a veces aparece sin que se le llame.
—Bueno, también podemos volver otro día—dijo el italiano.
—O pueden esperar hasta el mediodía, no se les cobrará el almuerzo—dijo Antonio.
—Lo se—dijo Luciano—, pero Laureen todavía está convaleciente.
—¿Cuál es la posición en la que se siente mejor?—preguntó Antonio.

Laureen colocó su mano derecha en posición horizontal, con la palma hacia arriba.

—Bien, podemos colocarlo sobre mi escritorio, es lo suficiente-
mente ancho como para que se pueda acostar sobre él.

—No padre, eso no es necesario—objetó Luciano.

—Vamos, amigo—replicó Antonio—, yo también me recuesto en
él de vez en cuando.

—Manos a la obra—agregó el padre Antonio levantándose y
apartando el portalápices, algunas hojas sueltas y su bolígrafo.

Laureen estaba algo confuso, pero cuando vio que su
improvisada cama estaba lista y que el padre le hacía señas para
que se acercara, se levantó apoyándose en su bastón y caminó
hacia ellos. Luciano colocó una silla para que pudiera apoyar un
pié y lo ayudó a subir. Antonio colocó dos libros como almohada
de modo que Laureen pudiera apoyar su cabeza.

—¿Se siente cómodo así?—le preguntó el padre una vez instalado
el visitante.

Laureen abrió los brazos sonriendo indicando que se
encontraba a gusto.

—Bueno, ahora podemos hablar de negocios mientras esperamos
para ver al hermano Bartolomé—dijo Antonio.

—Es usted dichoso padre Antonio—dijo Luciano—, tiene aquí a
un santo al que puede ver todos los días.

—Sí, eso es una bendición para todos los que habitamos este
lugar—afirmó Antonio.

—Y también para los que hemos podido venir hasta aquí—agregó
Luciano.

—Eso es cierto.

—Bien—continuó el padre después de una breve pausa—, ¿qué
otra cosa tienen en mente además de ampliar el negocio?

—Por el momento sólo eso—respondió Luciano—, más adelante,
quizás podamos abrir una casa para personas impedidas físicamente
y desamparadas. Es solamente una idea, pero mi hijo mayor está de
acuerdo y dice que está dispuesto a colaborar, que ha conversado

con algunos amigos y que es factible esa obra si los empleados son pocos y hay donaciones de la comunidad.

—Es una buena idea, solamente falta dar el primer paso—aseguró Antonio.

A lo dicho por el padre siguió un gesto de Laureen (el dedo pulgar hacia arriba) que daba a entender que ese primer paso era el primordial para lograrlo.

—El está muy entusiasmado—explicó Luciano dirigiéndose al padre.

—Pueden estar seguros que si dan ese primer paso, el Señor los guiará por el buen sendero.

—Espero que en ese sendero encontremos las donaciones necesarias—aclaró el italiano.

—Las encontrarán, puede estar seguro, siempre sucede así; hay muchas buenas almas en el mundo esperando a que otros tomen la iniciativa para seguirlos, no lo dude—aseguró el padre.

—¿Podemos contar con su ayuda?—le preguntó Luciano.

—Claro que pueden, tengo cierta experiencia en ese tipo de actividades. Habrá momentos, claro, en los que se pondrán difíciles las cosas, en que se preguntarán si podrán seguir adelante, y en esos instantes siempre aparece una mano que se tiende para apoyar, una tabla salvadora, una idea renovadora que vuelve a dar el impulso para continuar.

—Todo viene del Señor, él conoce nuestros corazones, los abre a la luz cuando quiere y luego nos guía hasta donde quiere, sólo debemos dejarnos llevar—concluyó Antonio.

—Bien dicho—dijo Laureen con claridad, como si ya no tartamudeara—, cuando llegue el momento...

Terminó la frase con un gesto de su diestra (la mano abierta con los dedos estirados hacia el frente) indicando el comienzo de una empresa. En ese mismo instante tocaron a la puerta.

—Adelante—dijo el padre Antonio.

La puerta se abrió y dio paso a uno de los monjes, que portaba una nota en sus manos. Dio los buenos días y la entregó al padre, quien la leyó rápidamente. Sólo tenía una docena de palabras: "Padre, un señor llamado Marco Bertoluchi solicita sus servicios, ¿le dará cita?"

—Pueden concederle la cita para mañana—dijo el padre.
—Con su permiso, hermano Antonio—dijo el monje y se retiró.

La puerta se cerró tras el monje y Luciano aprovechó para dirigir la conversación hacia las ocupaciones del padre Antonio.

—Ya tiene Usted otra alma que viene para no consumirse en el fuego del infierno—le dijo.
—Dios la ha tomado de la mano para salvarla—aseguró el padre.
—Y la trae con sus mejores maestros—replicó Luciano.
—Si continúa Usted con los elogios terminaré convirtiéndome en un ególatra insalvable.
—No lo creo—dijo Luciano—, en última instancia tiene muy cerca al hermano Bartolomé, y él no lo dejará dar el paso equivocado.
—Indudablemente que él tiene un don especial del Señor para abrir los corazones. Cuando miras a sus ojos vez una luz distinta, que llega a tu alma aunque no quieras y te hace confesar hasta lo que no recuerdas—dijo el padre Antonio ratificando las palabras del italiano.
—Usted lo conoce como nadie—continuó Luciano—, que tiene el privilegio de convivir con él. Pero yo vendré hasta que pueda ver de nuevo su rostro.

El padre Antonio movió levemente sus manos, con las palmas hacia arriba, antes de decir:

—No creo que él tenga que hacer mucho más por usted, hermano. Quizás sólo necesite ser incentivado para que continúe con sus proyectos.

—Cualquier cosa que él me indique—dijo Luciano encogiéndose de hombros—, que de seguro es bien mirado por Dios, será para mí como una bendición.

—Bueno, iré a dar una vuelta por el patio, quizás lo encuentre—dijo Antonio levantándose y dirigiéndose hacia la puerta.

—Yo puedo ir padre, no tiene que molestarse.

—¿Has olvidado que a todos aquí nos da gusto ver al hermano Bartolomé a diario?—preguntó el padre Antonio mientras abría la puerta y traspasaba el umbral.

Cinco minutos después, se abría otra vez la puerta para dar paso al padre Antonio seguido del hermano Bartolomé. Luciano se puso de pie al instante, aunque el monje fue directamente hacia Laureen, quien miraba distraído al techo de la habitación. Las manos del monje se posaron sobre el pecho del convaleciente, quien se quedó inmóvil, sorprendido. Luego de varios segundos bajo la influencia de aquella mirada, que no era comparable con la de otro hombre, el amigo de Luciano percibió una suave paz espiritual que lo embargó por completo. Olvidó el dolor en sus piernas y en la espalda mientras se mantuvo atado al esplendor con rostro humano que se mantenía a su lado. Bartolomé lo tomó de las manos y lo hizo incorporarse hasta quedar sentado sobre el escritorio, luego le colocó las manos en la cabeza y finalmente en el pecho, antes de volverse para retirarse. Al pasar junto a Luciano se detuvo para mirarlo con cierto interés, pareció recordarlo, sonrió, le besó las manos y las sostuvo entre las suyas antes de apretarlas contra su pecho. Después de eso, miró al padre Antonio, le colocó las manos en la cabeza y finalmente se arrodilló para que éste le diera su bendición.

—Dios te bendiga, hermano Bartolomé—le dijo Antonio al tiempo que hacía la señal de la cruz.

Cuando Bartolomé se retiró, los tres se miraron. Antonio sonriendo, Luciano aún perplejo, y Laureen dándose cuenta de que se trataba del hermano del cual su amigo le había hablado tantas veces. Como no sentía dolor alguno en sus piernas, se bajó del escritorio y dio varios pasos en dirección al sacerdote. Se miraba los pies sin comprender cómo le había sido posible caminar con tal facilidad sin la ayuda del bastón.

—¿Complacido?—preguntó el padre Antonio dirigiéndose a Luciano.

Luciano no contestó. Miraba a Laureen, quien se encontraba a un paso de Antonio, sin tambalearse y sin una mueca en su rostro.

—Dejó atrás su bastón—le dijo Antonio.

Laureen abrió sus brazos y movió la cabeza de un lado a otro diciendo claramente que no los necesitaba.

—Eso quiere decir que su convalecencia ha concluido—concluyó el sacerdote con voz tranquila.
—¿Cómo?—preguntó Laureen abriendo nuevamente los brazos.
—Es un misterio—respondió Antonio imperturbable.
—¿Lo dice Usted tan tranquilo?—preguntó Luciano un tanto sobresaltado.
—¿Piensa usted publicarlo en la prensa sensacionalista?—preguntó a su vez el padre—. Es lo que menos necesita Dios.

—No quise decir eso, padre—aclaró Luciano—, sólo que lo sucedido es sorprendente.
—Lo es—aseguró el padre Antonio—pero es más sorprendente aún, que con todas las pruebas que el Señor nos ha dado, el hombre continúe dañándose a sí mismo.

Era una frase que abarcaba a todos los pecadores, incluidos los que habían pedido confesarse allí, como el mismo Luciano. Este bajó la cabeza con pesar sin poder evitar que de nuevo las lágrimas corrieran por sus mejillas.

El sacerdote se acercó a ambos amigos, los tomó por los hombros y los atrajo hacia sí diciendo:

—Oremos, es la mejor manera que conozco de acercarnos al Señor.

Los tres bajaron la cabeza y esperaron a que sus palabras, sus anhelos e ilusiones, fluyeran a través del sacerdote, quien dirigió al Señor esta plegaria:

—Gracias Señor, por darnos la vida; gracias Señor, por hacernos perseverar en la fé, que viene de ti; gracias por tu inmensa misericordia; gracias por tu paciencia, que nos permite recapacitar y volver a tu senda, gracias por tus dones, que repartes a quienes elegiste. Recíbenos y concédenos un lugar cercano a tu mesa en ese día eterno en el que esperamos tocar el manto de tu gloria.

Los tres quedaron en silencio por un minuto, hasta que el padre movió ligeramente sus hombros.

—Hermosa oración—murmuró Luciano.
—La mejor oración es en la que dices todo lo que sientes por el Señor en el mismo momento en que oras, sin buscar las mejores frases. El pondrá las palabras en tu boca, como hizo con Jeremías.
—Bien hermanos—dijo a manera de conclusión el padre Antonio—, es hora del almuerzo, así que les propongo atravesar el patio para estirar de nuevo las piernas antes de ir al refectorio.

Luciano miró a Laureen, quien asintió con su cabeza y les cedió el paso para que abrieran la puerta. Caminaron sobre la suave hierba del patio interior bajo los rayos del sol del mediodía, sosegado Antonio, presa aún de la sorpresa Luciano, feliz Laureen.

Cuando llegaron al refectorio encontraron mucha animación. Se sentaron en una mesa para cuatro comensales y pronto se les unió uno de los monjes, luego de pedir humildemente permiso para acompañarlos.

—Hermano Iván, ¿cómo va su salud?—preguntó Antonio.
—Bueno, mis riñones han mejorado algo; pero el hígado casi no funciona, mi páncreas tampoco; continúo con cálculos en la vesícula; tengo aún líquido en mis pulmones; la glaucoma está muy avanzada y mi artrosis no me permite dormir en las noches, pero me siento inmejorablemente.

Luciano y Laureen lo miraban casi sin respirar, de modo que al percatarse de ello el monje les dijo toda la verdad.

—Es una broma amigos—admitió riendo.

Antonio rió también de buena gana mientras Luciano y Laureen, con algo de timidez al principio, terminaron soltando la carcajada.

—El es un bromista empedernido—les dijo el padre Antonio sin dejar de reír—, por eso le pregunté, sabía que improvisaría algo al instante. Sólo él puede hacerlo.

En ese momento el hermano Iván se agachó como si buscara algo bajo la mesa, luego miró bajo su silla y terminó haciéndole señas a uno de los hermanos que atendía las mesas, quien se presentó con rapidez.

—Diga hermano Iván.
—Quería preguntarle por la camioneta cargada de pan, la que salió muy de mañana por la puerta trasera, ¿estamos exportándolo acaso?
—No he visto esa camioneta, hermano—respondió el monje algo confundido—, pero lo averiguaré si usted quiere.

—Se lo agradeceré, hermano—dijo Iván muy serio.

El monje se retiró y fue directamente a ver al Maestro de Cocina, quien arrugó el entrecejo al escuchar lo que le decía el joven monje, pero al saber quién era el que preguntaba se echó a reír. Tomó cuatro hogazas de pan de una de las vitrinas, las colocó en una cesta y se las dio, despidiéndolo con un gesto de la mano.

—¿Por qué la tomas con el pobre novicio?

Era una voz gruesa, seca, que impresionaba. Su dueño estaba parado a la espalda de Iván, con las manos en la cintura.

—Yo solamente me preocupaba por el pan, tenemos una visita hoy, y la atiende nada menos que el padre Antonio, ¿conoces al padre Antonio?—respondió Iván.
—Claro que le conozco—dijo el monje aguantando la risa—, es por él precisamente que no te doy un tirón de orejas aquí mismo.

En ese momento llegaba el novicio con la cesta de pan en las manos; su defensor se le acercó y pasando el brazo sobre sus hombros le explicó:

—¿Cómo te llamas hermano novicio?—le preguntó.
—Julián, hermano—respondió el joven.
—Bien, Julián debes tener presente esto en todo momento: Que el hermano Iván siempre está bromeando, salvo cuando está orando en su cuarto o estamos en la misa. El resto del tiempo sólo bromea. Cuando trabaja, cuando está serio, incluso cuando lo veas llorar, no te fíes, mantente alerta, porque al primer descuido te tomará el pelo.
—¿Y siempre fue así, hermano Lazlo?—terció el padre Antonio, quien convivía con los hermanos hacía solamente unos siete años.

—Siempre, hasta cuando era un novicio como él—aseguró Lazlo—, jamás pudimos hacerle una broma, siempre nos llevaba la delantera por mucho. No tenemos referencias de cómo fue de estudiante, pero me imagino lo que sufrirían sus profesores.
—Bueno, hermano—dijo Julián colocando la cesta en el centro de la mesa—, aquí tiene el pan, ya viene en camino la mantequilla.
—¡Que bien, tenemos también mantequilla!—exclamó Iván frotándose las manos.

No sospechaba que ya el novicio, que parecía aún apenado, y lo estaba, se tomaba el desquite, pues no había mantequilla para el almuerzo. La que había quedado en la mañana se encontraba guardada en la nevera para servirla en el desayuno del próximo día. Julián continuó sirviendo las demás mesas muy diligente, prestando atención a todo lo que le decían o pedían sus hermanos mayores, mientras Iván esperaba infructuosamente por la mantequilla. Pasados unos minutos, y al ver que no estaba cerca el novicio Julián, llamó a otro de los monjes para reclamarle, mas éste replicó con una sonrisa en los labios:

—No habrá mantequilla hasta mañana, hermano.

Y continuó su trabajo tranquilamente, sin prestarle más atención al asunto. Iván movió la cabeza como si dudara y buscó con la mirada al novicio, pero no le vio por ninguna parte.

—¿Me habrá tomado el pelo tan pronto?—se preguntó sonriendo.

El hermano Lazlo, que se mantenía de pie detrás de él, bajó la cabeza y le dijo suavemente al oído:

—Te está muy bien empleado. A lo mejor te encontraste con una buena horma para tus zapatos.

—Sería mucho más divertido—replicó Iván—, al menos tendré un compañero que me entienda y al que dejaré en mi lugar, para que les divierta.

—No sueñes despierto, no permitiremos que nos dejes, te extrañaríamos demasiado. Por tanto, si el novicio quiere incorporarse está bien. No nos opondremos a que exista un dúo.

En eso se presentó de nuevo Julián quien, dirigiéndose al padre Antonio, le preguntó:

—Como aperitivo tenemos jugo de naranjas, de manzanas y de melocotón—, ¿cuál desean tomar usted y sus invitados?

—Yo tomaré el de naranja—respondió Antonio

—Yo también—dijo Luciano.

—Manzanas—dijo Laureen.

—De manzanas, para que sean pares—dijo Iván.

—Lo siento—dijo Julián—, solamente quedaba uno, ¿le apetece el de melocotón?

Iván lo miró unos instantes muy fijamente, luego encogió los hombros y le dijo:

—Bien, tráeme cualquiera de ellos.

—Le traeré el de manzanas—dijo Julián guiñándole un ojo y dándose la vuelta para retirarse.

—Dijiste que sólo quedaba uno.

—Era una broma—dijo Julián levantando su pulgar derecho y sin mirar atrás.

—Ese muchacho tiene la chispa—comentó Iván cuando el novicio se hubo ido.

—Entonces deberá tener más cuidado—aclaró Antonio.

—Al contrario—replicó Iván—, será mucho mejor, tendré a alguien que me hará el contrapunto.

Pronto regresó Julián con los aperitivos y los dejó sobre la mesa. Cinco minutos después, volvía para recibir el pedido.

—Tenemos sopa de vegetales, potaje de judías y crema de queso, carne de oveja asada, ensalada de lechuga y arroz, con mermelada de fresas de postre

—Yo tomaré la sopa, la carne asada y la ensalada—dijo el padre Antonio.

—Yo igual—dijo Luciano.

—Yo también, con algo de arroz—pidió Laureen.

—Bueno, yo no puedo negar mi origen ruso—dijo Iván esbozando una amplia sonrisa—; así que comeré las judías con la carne, la ensalada y el arroz.

Comieron todos con buen apetito, dejando los platos limpios. Se despidieron del hermano Iván, quien se quedó mirando distraído a su alrededor, como si esperara algo más.

—Soy oriundo de la gran estepa rusa. Allí se come mucha carne, así que veré si puedo repetir—explicó.

Antonio sonrió y viendo que no se acercaba por allí el hermano Bartolomé, se retiró con sus amigos hacia uno de los patios interiores, para mostrarles otras partes de la edificación. Recorrieron también las capillas, los salones para reuniones y en los que se podían recibir visitantes, así como la enorme biblioteca, en la que aún se conservaban las copias de varios manuscritos de la Edad Media.

Cuando terminaron el recorrido, el padre Antonio se volvió hacia Laureen para preguntarle si se encontraba agotado, y como esperaba, recibió una respuesta negativa.

—Estoy bien padre, yo caminaba cientos de metros diariamente, por recomendación del médico—aclaró Laureen.

Regresaron a la oficina del padre Antonio para descansar; no obstante, parecía que Laureen no lo necesitaba.

—Bueno, padre, creo que debemos retirarnos, ya le hemos ocupado mucho tiempo—dijo Luciano.

—Nada de eso—vinieron a darme buenas noticias—aclaró Antonio—. Además, necesito el contacto con el mundo exterior, más que mis hermanos de la orden.

—Sí, pero mañana recibirá otra visita, que puede ser larga—objetó Luciano—. Le prometo que vendremos en otra ocasión.

—Bien, como gusten—dijo Antonio levantándose.

Salieron al patio y lo atravesaron en silencio. Cuando llegaron a la puerta del monasterio Luciano le dio un abrazo al padre antes de decirle:

—Lo mantendremos informado de cómo marcha todo.

Laureen le dio un fuerte estrechón de manos, no le dijo nada, pero su gesto, indicando a sus piernas, de las que ya podía valerse sin ayuda, era muy elocuente.

—Ha dejado su bastón—dijo Antonio.

—Se lo regalo, para que me recuerde.

—Que Dios los bendiga—dijo Antonio mientras se dirigían a la camioneta.

Esa noche la pasó el padre Antonio orando hasta muy tarde, dando gracias por las buenas nuevas que había recibido aquel día y por la completa curación de Laureen. En sus largos años de trabajo había sido testigo de esos pequeños milagros diarios logrados por la perseverancia y el esfuerzo de una o de varias personas, en el seno de una familia o atendiendo a una comunidad, pero nunca había presenciado uno directamente, sólo por la manifestación especial del Espíritu Santo. Como siempre le sucedía, no supo en qué momento se durmió y despertó muy descansado al amanecer del día siguiente.

Después del desayuno, dio su acostumbrado paseo matinal, para aspirar el aire fresco de la mañana y ordenar sus pensamientos. Finalmente, regresó a su oficina para leer algo mientras esperaba al nuevo visitante. No demoró mucho, media hora después se presentó uno de los hermanos para decirle que la persona que había solicitado cita estaba allí.

—Mándelo a pasar—dijo Antonio.

El individuo que entró a la habitación le pareció una persona desenvuelta, tranquila, de ésas que no tienen un terrible pasado del cual arrepentirse. Sin embargo, ésa podía ser una máscara. De modo que no se precipitó a sacar conclusiones antes de tiempo.

—Buen día, padre—dijo el visitante.
—Buen día, adelante, tome asiento. Usted es el señor Bertoluchi, ¿cierto?
—El mismo.
—Italiano.
—Si, de Florencia.
—Allí tienen un buen equipo de fútbol—comentó el padre Antonio.
—Cierto, muchos hemos aspirado a estar en ese club, incluyéndome a mí, cuando era más joven, claro—dijo Bertoluchi.
—¿Fue usted jugador?—preguntó Antonio.
—Sí, pero por breve tiempo, me lesionaba con frecuencia y tuve que dejarlo.
—¿Y dejó el mundo del deporte?
—Sí, tomé otro rumbo, más complicado, más peligroso—respondió el señor Bertoluchi.
—No parece haber hecho mella en Usted, al menos por lo que deja traslucir su rostro.
—Eso depende—aclaró Marco Bertoluchi—, si se ve por lo que hago ahora es muy cierto.
—¿Y por lo que hacía antes?—preguntó Antonio buscando el origen de la confesión.

—Eso es lo que me trae a este lugar.

—¿A qué se dedicaba Usted ?—le preguntó el padre Antonio.

—A cosas muy desagradables.

—Puede ser más explícito, viene a confesarse.

Bertoluchi estuvo unos instantes indeciso. Pasó su diestra por la barbilla, pensativo, y finalmente se explicó:

—Mi trabajo consistía en controlar los negocios sucios de una zona en una de las ciudades del sur. A veces eso obligaba a eliminar a ciertas personas que resultaban incómodas. Yo ordenaba generalmente esas ejecuciones. Uno de los verdugos era mi hermano, mi único hermano...

El señor Bertoluchi apretó los labios y palideció. El padre Antonio se mantuvo en silencio; suponía ya que había sucedido algo desagradable con dicho hermano.

—Un día fue eliminada una de esas personas que resultaban incómodas para el negocio, pero también varios familiares, entre ellos niños. Fue lamentable, mi hermano sufrió mucho. Meses después, mi hermano salía de la clínica donde se atendía nuestra madre y fue asesinado. Todo indicaba que se trataba de un profesional por la forma en que lo ejecutó, pero no fue posible hallar su rastro, mas yo no me quedé conforme con eso. Busqué a los mejores para dar con el asesino. Luego de dos años, obtuve una información sobre él por la que tuve que pagar mucho dinero, y traté de ponerme en contacto con el asesino antes de contratarlo, pero rehusó, pues en ese tipo de trabajos por encargo nunca conoces al que realizará la ejecución. No hice más que ponerle sobre aviso, y poco después desapareció por completo, como si hubiera muerto.

—¿Qué hizo entonces?—preguntó Antonio.

—No encontré fórmula alguna para localizarlo. No se podía hacer nada más. No obstante, cuando menos me lo esperaba, se presentó ante mí un hombre que sabía todo sobre mi hermano y sobre mí. Me dijo que sus fuentes eran muy confidenciales y seguras, que no venía a matarme pues había tenido todas las oportunidades para hacerlo.

—Le pregunté entonces qué quería de mí, y para mi sorpresa, me confesó que era el asesino de mi hermano...

Bertoluchi se detuvo para respirar profundamente antes de continuar. Estaba muy pálido.

—No sé cuántas cosas pasaron por mi cabeza en aquel momento, pues aquel hombre estaba ante mí, muy tranquilo, en mi propia casa. Sólo atiné a preguntarle qué quería. Fue cuando me dijo que estaba arrepentido de la vida que llevaba y que se había propuesto reparar el daño que hizo a los demás. Le dije que la muerte de mi hermano no tenía reparación. Entonces extrajo una pistola y la puso en mis manos diciéndome: "si no quieres oír mi propuesta, toma el arma y venga la muerte de tu hermano". No sé por qué, pero lo escuché. Me explicó cuánto había sufrido a partir de cierto momento de su vida; luego me habló de Usted, de este lugar y de los planes que tenía...

—¿Qué tipo de planes?—indagó el padre.

—Tenía en mente crear una especie de agencia para proteger a las personas de asaltos y posibles asesinatos. Me explicó a grandes rasgos su idea mientras yo me debatía entre tomar el arma y matarle o escucharle hasta el final.

—¿Y qué hizo Usted?

—Lo acepté, aunque me parecía un disparate. En estos momentos no tengo una explicación que dar al hecho de que no tomé su pistola y lo maté, pero eso fue lo que sucedió.

—¿Puedo saber cómo se llama ese hombre?—era una pregunta innecesaria, pues ya sabía la respuesta; sin embargo, Antonio la hizo porque tampoco creía que fuera cierta la historia que le contaba.

—Claro, se llama Albert Nun.

—Bien, es sorprendente. No me pasó por la mente una cosa semejante—confesó el padre Antonio.

—La vida tiene cosas misteriosas, ¿cierto padre?

—Ya lo creo.

—No sé qué hizo cambiar de ese modo al señor Nun, mas aún estoy sorprendido de verlo ante mí diciéndome con su actitud: aquí estoy, si quieres tomar tu venganza, hazlo, pero eso no aliviará tu dolor ni el mío, sólo lo lograremos si tomamos otro camino.

El señor Bertoluchi rió mientras sus ojos se llenaban de lágrimas y el padre Antonio, fiel a su costumbre, lo dejó hacer.

—No sé por donde empezar mi confesión, padre.

—No tiene que contarme los detalles, hermano—aclaró Antonio—, sólo diga lo que siente.

Marco Bertoluchi volvió a tomar impulso respirando profundamente y pasando sus manos por sus negros y lacios cabellos.

—Quizás deba comenzar diciendo cómo involucré a mi hermano en un trabajo que lo llevó a la muerte.

Antonio asintió con la cabeza e hizo un gesto con su mano izquierda indicándole que comenzara.

—Mi hermano Francesco, así era su nombre, era una persona muy bella, por dentro y por fuera, muy noble. Las mujeres lo adoraban; pero yo quería que fuera un hombre duro de verdad, al que respetara todo el mundo. Ahora comprendo que actué estúpidamente, y que él, aunque no compartía mis ideas, pues no tenían que ver nada con sus sentimientos, me quería y respetaba, por lo que no se alejó de mi mundo. Eso lo convirtió en otro hombre, muy distinto al que por naturaleza él era. Cuando regresó de su primer "trabajo sucio" me dijo: "se hizo todo como me pediste", pero no era él; pensé que sería pasajero, mas me equivoqué. Poco antes de morir me confesó que ésa no era la vida que hubiese querido tener.

—Pero ya era tarde—dijo el padre.

—Fue lo que quiso decirme. Nunca lo comprendí y cuando murió supe que yo era el responsable. Ningún miembro de mi familia me reprochó nada, pero eso no cambiaba las cosas, todos sabían que yo era tan culpable como Judas.

—Usted, señor Marco, ¿qué tan diferente era de su hermano?—preguntó Antonio.

—Muy diferente, padre. Siempre quise sentirme superior, verme rodeado de gente que me admirara o me temiera. Cuando tuve la oportunidad de lograrlo, aunque fue por medios fraudulentos, no lo dudé.

—Quizás si se hubiese dedicado al cine, al deporte o a la música, habría estado igualmente rodeado de gente que lo admirara.

Marco sonrió y movió la cabeza a ambos lados.

—No tengo aptitudes para esas cosas. Claro que eso no quita que hubiese podido ser un hombre de bien, dedicado a mi familia y a un trabajo honesto.

Antonio consideró que era el momento para que Marco estirara las piernas y se relajara un poco, así le sería más fácil despojarse de su carga.

—Bien amigo, creo que podemos caminar un rato por el patio, beberemos una taza de té o un jugo y luego continuaremos, ¿le parece bien?

—Sí, claro, me gusta caminar—contestó Marco.

Salieron al patio y recorrieron unos veinte metros en silencio, hasta que Marco hizo una pregunta que el padre Antonio no esperaba, aunque no le sorprendió.

—Nun me dijo que había en este lugar una persona muy especial, mitad ángel, mitad hombre, que sólo con mirarte te hace volver a la vida, te sana por completo, ¿existe en verdad ese hombre?

—Sí, existe. Es uno de nuestros hermanos de la Orden. Se llama Bartolomé y es realmente muy especial para todos nosotros, lo queremos mucho.

—¿Es posible verle?

—Claro, es muy probable que se encuentre preparando el almuerzo en estos momentos, vamos a su encuentro ahora.

Marco sonrió complacido.

—Es Usted como me dijo Nun—comentó.

—¿Cómo así?

—Pues muy abierto y franco, no parece que me esté confesando—respondió Marco.

—Dígame algo hermano Marco, ¿cómo cree que es Dios?—preguntó el padre.

Marco no respondió.

—¿Tiene alguna idea de cómo puede ser el trato con El?—preguntó de nuevo Antonio.

—Bueno, a Dios nadie ha podido verlo, y ni siquiera sé si me perdonará—respondió Marco.

—Pues el trato con Dios es muy sencillo—explicó el padre Antonio—; El no necesita de templos hermosos, como el de Salomón, ya que guió a los israelitas cuando sólo podían ofrecerle una tienda de campaña por cobijo. Necesita que tú hagas el bien para que recibas con satisfacción el bien que te hacen otros. "Ama a tu prójimo como a ti mismo". Es una regla simple y aunque no la conocieras es por ella que estás aquí hoy. Albert Nun fue a verte porque la entendió muy bien, por eso te propuso ese nuevo trabajo, que es opuesto a todo lo que hicieron antes.

—Comprendo—dijo Marco.

Daban los últimos pasos sobre el césped cuando se encontraron de improviso con Bartolomé, quien venía hacia ellos con una bandeja cubierta por un paño de color blanco. El padre Antonio también estaba sorprendido, pero como siempre, su rostro mostraba su serenidad habitual. Lo saludó como acostumbraba. En cambio, el semblante del visitante era muy distinto.

—Buen día hermano Bartolomé, es una agradable sorpresa verle—dijo Antonio.

Bartolomé hizo una ligera inclinación como saludo, dejó la bandeja sobre la hierba y les invitó a sentarse. La mirada de Marco iba del padre Antonio al hermano Bartolomé.

—Sentémonos Marco—dijo Antonio—, nuestro hermano Bartolomé eligió un té para nosotros y nos acompañará.

Con las piernas cruzadas delante y los codos apoyados sobre las rodillas Bartolomé oró unos instantes con los ojos cerrados. Después retiró el paño y dejó ver las tres tazas de té, aún humeante, y varias galletas doradas que invitaban a comer sin demora.

Bartolomé esperó a que el padre Antonio hiciera la bendición de los alimentos y luego les alargó las tazas, esperando a que ambos lo probaran antes.

—Está exquisito, como siempre hermano Bartolomé—comentó Antonio—, ¿cuándo nos darás tu fórmula secreta?

Bartolomé sonrió con los ojos, como era su costumbre, y se encogió de hombros como si dijera: "es un simple té, no tiene nada especial". Pero el padre Antonio, que lo conocía bien, agregó:

—Bueno hermano, creo que el secreto está en el amor con el que lo haces, ¿qué mejor ingrediente que ése?

Bartolomé les alcanzó unas galletas e hizo ademán de que debían acompañarlas con el té. Marco no terminaba de comprender cómo el monje conocía de su estancia ni que tomarían algo en ese momento. Observaba su rostro sin poder desviar la mirada, subyugado por aquellos ojos grises (en ese momento) que le decían con tristeza que no debía continuar soportando todo el sufrimiento acumulado durante su vida.

—¿Cómo está el té hermano Marco?—preguntó Antonio.
—Es muy especial—respondió el aludido—, pero yo tengo debilidad por las galletas dulces y estas son muy sabrosas, así que no puedo sentirme más a gusto.

Terminaron en silencio y seguidamente el hermano Bartolomé recogió las tazas y tapó la bandeja, que apartó para ponerse de rodillas y abrazar las piernas de Marco, quien trató de retroceder para evitarlo, pero el padre Antonio lo contuvo por los hombros.

Bartolomé lloraba sin soltar al penitente y se mantuvo en esa posición por espacio de unos tres o cuatro minutos. Cuando se incorporó, Marco temblaba como una hoja azotada por el viento. Los ojos de Bartolomé se posaron sobre él para mostrarle su propio dolor reflejado en dos espejos de color gris. Ya no podía sustraerse al influjo de aquel hombre cuyo silencio le hablaba desde lo profundo de su alma para decirle que no estaba solo con su pena, que Dios lo acompañaba para sostenerle, porque El era misericordioso con los pecadores.

Marco no lloró, más todo su pesar parecía escapar a través del temblor de su cuerpo; comenzó a respirar como si le faltara el aire mientras el padre Antonio le apretaba los hombros. Finalmente, Bartolomé le dio un suave abrazo y desaparecieron como por encanto los temblores, volvió a respirar acompasadamente y sintió que todo su cuerpo era mucho más ligero.

No tenía cómo explicarlo, pero ya no era el mismo de antes. Sentía la necesidad de hablar de todo el dolor con el que vivía a diario desde que, siendo aún un joven imberbe, fue asesinado su padre y quedó al cuidado de uno de sus tíos paternos, quien lo había educado en un ambiente de odio y de venganza.

Como siempre hacía, Bartolomé se arrodilló ante el padre Antonio, quien colocando una mano sobre su cabeza dijo brevemente:

—Que Dios te bendiga, hermano Bartolomé.

El santo monje se alejó despacio en dirección a la cocina llevando el esplendor de siempre en su joven rostro. La pregunta que siguió era la que comúnmente hacían los que habían vivido una experiencia similar.

—¿Quién es ese hombre?
—Alguien que ha sido tocado por Dios—respondió Antonio—, es lo único que puedo decirle.
—Es un hombre muy joven—comentó Marco.
—Lo es.
—Lo que hace no tiene que ver con la experiencia o los conocimientos—afirmó otra vez Marco.
—Cierto.

Marco siguió al monje con la mirada hasta que desapareció tras las anchas paredes de la cocina. Entonces Antonio le pasó el brazo derecho sobre los hombros y lo invitó a continuar en dirección a otra parte de la edificación.

—Lo importante no es quién es él-aclaró Antonio—, sino lo que hace por los demás.
—Hace unos siete años—, comenzó a relatar Antonio—, mientras realizaba mi paseo matinal por el patio, me encontré por primera vez con el hermano Bartolomé, quien tendría diecisiete o

dieciocho años, Su juventud no fue lo que me impactó, sino la luz de su rostro que subyuga a todos. Cuando lo vi aquélla mañana mi reacción fue que me quedé mudo. No pude articular palabra durante dos o tres minutos. El estaba de pié ante mí, inmóvil, con esa mirada conmovedora en su rostro esplendoroso, que nos da una paz indescriptible. Cuando pude darle los buenos días, sólo se arrodilló ante mí para pedirme la bendición y es lo que he hecho todos estos años desde que le conozco. Todos aquí consideramos que el Señor le ha dado un pedacito de divinidad para iluminar este lugar y a los que vienen aquí para que alejen de sus vidas las tinieblas de la muerte.

Realizaron un breve recorrido por las partes principales del monasterio y regresaron, pues Antonio percibía en su amigo la necesidad de continuar su confesión. Llegados de nuevo a su oficina, el sacerdote le invitó a continuar con un gesto y estas palabras:

—Continúe hermano Marco, ahora creo que puede respirar mejor.

Marco hizo un movimiento como si fuese a tomar aire y miró fijamente al padre Antonio, luego siguió su penoso relato.

—Viví en ese mundo de violencia casi toda mi vida, como si nunca tuviera consecuencias. La muerte de mi hermano fue un golpe muy duro para mí, mas no busqué para sostenerme otra cosa que no fuera la venganza; me convertí en un hombre más sádico y sutil a la hora de cometer un crimen, aunque no se tratara de asesinar a alguien, sino solamente de humillarlo.
—Mis propios hombres me respaldaban no sin cierto temor; a veces, después de recibir una orden, más de uno esperó pensando que cambiaría de opinión, pude verlo en sus semblantes, aunque jamás me lo dijeron directamente. Viví sin darme cuenta de que me hundía poco a poco en un pantano del que no saldría a salvo por mucha suerte que tuviera. Mi madre, abrumada por años de

luto, me dijo una vez: "de nada vale lo que haces, si tu padre y tu hermano pueden verte desde el cielo, llorarán por ti al saber en lo que te has convertido".

—¿Asesinó a muchas personas, hermano Marco?

—Sí, muchas, aunque pocas por mi propia mano, la mayoría sucumbió a manos de los que cumplían mis órdenes, pero es lo mismo, o peor, pues convertí a otros en criminales, y eso, como a mi hermano, condujo a muchos de ellos a la muerte.

—¿En su familia alguien sabe que vino hasta aquí?

—No, sólo me despedí de mi madre. Le dije que haría un viaje largo, que sería de mucho provecho para mí y le pedí perdón por no haberla escuchado antes.

—Es un buen comienzo—admitió Antonio.

—Quisiera creerlo—dijo Marco con un susurro.

—Estoy seguro—dijo Antonio—. Ella, tanto como su hermano, han sido los pilares que le han mantenido vivo para recibir al Señor. Nun sólo fue a buscarle para decirle que si él pudo salvarse, Usted también puede lograrlo, por eso lo colocó en una encrucijada, en la misma que él estuvo antes de venir a este lugar.

—Sí, ahora lo entiendo. Si mi hermano hubiera seguido a su propio corazón, aún estaría vivo y fuera del infierno en el que vivimos tanto tiempo. Yo, cuando tuve la oportunidad de escoger, tomé el camino más corto y más ancho, no busqué "la puerta estrecha", por eso fracasé.

—No se considere un fracasado—le interrumpió Antonio—; todos cometemos errores, se trata de que algunos no se dan cuenta desde el primer momento. Dios sabe esperar a todos, pero en especial a los que quieren encontrarse con él, aun cuando sean unos pocos; recuerde que, por unos pocos, Dios se hizo presente en la historia y la cambió para siempre.

—¿Puede Dios perdonarme lo que hice?, ¿puede Usted perdonarme en su nombre?

El padre Antonio lo miró compasivo y no lo hizo esperar.

—Dios quiere perdonarte porque quiere de vuelta en su reino a todos los hombres, ¿y quién soy yo para no acatar su voluntad?

Marco bajó la cabeza y esperó. El padre Antonio extrajo su estola y quedó en suspenso, por si el penitente quería decir algo más. Pero éste se quedó esperando por la absolución, que finalmente le fue concedida.

—¿Será posible ver otra vez al hermano Bartolomé?
—Si es para despedirse será difícil—respondió Antonio—, él no es amigo de las despedidas. Quizás, si viene en otra ocasión.
—Bueno, no puedo quejarme—dijo Marco—he visto personalmente a un ángel del Señor y he recibido un perdón que no merezco. Puedo irme feliz.

El padre Antonio sonrió y le hizo una invitación:

—Puede quedarse a almorzar. No somos muy espléndidos con la comida, pues tratamos de evitar que los hermanos tengan problemas con la salud, pero la calidad está garantizada.
—Si la comida es como el té todos estarán complacidos aquí—dijo Marco—, pero no, tengo que regresar lo más pronto posible. No quiero que mi madre esté preocupada. Además, debo concretar los asuntos con el señor Nun para comenzar cuanto antes nuestro trabajo.
—Como quiera—dijo Antonio levantándose para acompañarle hasta la puerta.

Una vez en la puerta de salida, Marco se volvió para estrechar la mano del padre Antonio y le dijo:

—Muchas gracias por todo padre Antonio. Lo mantendremos informado, al menos por correo.

El padre Antonio lo retuvo un instante. Había algo que le daba vueltas en la cabeza desde el comienzo.

—Dígame, Marco, ¿ha pensado cómo eludir a sus antiguos enemigos?

—No, no he pensado en eso. Si tengo que pensar en ello, seguiré viviendo con miedo a la muerte, entonces me veré obligado a regresar a mi vida anterior. Tenemos que seguir hacia delante. Lo que pueda venir después, sólo Dios lo sabe.

—Que el Señor te bendiga, hermano—le dijo Antonio mientras Marco se dirigía hacia su automóvil.

Después de eso, el padre Antonio regresó a sus ocupaciones habituales: las oraciones, la lectura, los paseos matinales, la meditación, los trabajos manuales en la cocina, el patio y en otros lugares del monasterio.

Capítulo VII

LA MADRE

Trataba de mantenerse activo. No sabía qué cantidad de tiempo Dios le tenía reservada y no quería perder su salud física ni mental, garantía para continuar su trabajo. Les escribió a sus parientes, a los que vivían en Suramérica y a los que lo hacían en otras partes del mundo. De esa forma mantenía la comunicación con su extensa familia, que habitaba, como su padre le había dicho alguna vez, en los cinco continentes.

Durante tres meses no recibió a nadie en confesión, salvo a alguno de sus hermanos, y sólo a los que se lo habían pedido expresamente, pues consideraba leves sus faltas. Además, creía que algunos le pedían que los confesara para hablar en realidad de teología o filosofía, por lo que aceptaba en los casos que consideraba de suma importancia y luego de consultarlo con el jefe de la orden.

Llegaba el invierno, por lo que sus paseos matinales se limitaron a los pasillos y patios interiores. Sus estancias en la biblioteca se hicieron más prolongadas, así como más cortas sus siestas después del almuerzo, buscando dar alguna caminata sobre la hierba del patio posterior, aunque generalmente lo cubría una capa de escarcha. Fue por esos días que se presentó uno de sus hermanos para darle una tarjeta pidiendo una cita para confesión. Lo curioso no era la tarjeta, sino que la misma estaba firmada por una mujer. Contenía sólo cinco palabras: "Señor, acepte recibirme en confesión" y la firmaba Anastasia. No se admitían mujeres en el monasterio, de modo que fue a ver al jefe de la orden para que tomara una decisión.

—No admitimos mujeres aquí—dijo el hermano Daniel, jefe de la orden—, pero quisiera escuchar su opinión, hermano Antonio.

El padre Antonio se encogió de hombros antes de contestar. Había escuchado las confesiones de muchas mujeres, pero no en el lugar de retiro de los monjes de la congregación.

—No sé qué decirle, hermano Daniel. De sus palabras no se deduce una necesidad imperiosa de ser escuchada, pero no podemos asegurarlo.

El hermano Daniel miró otra vez la tarjeta y finalmente se la devolvió al padre Antonio diciéndole:

—Bien, la recibiremos, pero deberá quedarse en su despacho, ¿de acuerdo?
—De acuerdo.

Dos días después se presentó en su oficina, acompañada por un monje, la señora Anastasia.

—Adelante, puede sentarse—dijo brevemente Antonio poniéndose de pie.
—Gracias padre—dijo ella tomando asiento.

Era una mujer alta, que había sido muy bella en su juventud, pero cuyo rostro estaba marcado con las huellas del sufrimiento. Debía tener unos cincuenta años aproximadamente.

—Disculpe si ha notado cierta frialdad en el recibimiento. No acostumbramos a recibir mujeres aquí—aclaró Antonio.

—Lo sé. Me lo explicaron desde el primer momento. Me advirtieron que quizás no me recibirían.

—El jefe de la orden aceptó recibirla en confesión con la condición de que no visite otras partes del monasterio—explicó Antonio—, así que todo se reducirá a este pequeño despacho.

—Normalmente—continuó el padre Antonio—, converso con todo el que viene y les muestro el monasterio.

—Aspiraba solamente a un confesionario—dijo Anastasia—, así que por mí está bien.

—¿Hace mucho tiempo que no se confiesa?—preguntó Antonio.

—Puede decirse que desde que era una joven de dieciséis años—contestó ella.

—Bien, mi nombre es Antonio—dijo el padre—, tengo por costumbre escuchar a las personas que vienen aquí sin tabúes. Me gusta que digan lo que sienten cara a cara, ya que si se han decidido a venir es porque están realmente arrepentidos y no necesitan esconder sus rostros de nadie. No es necesario que entren en detalles, pues no soy quien los juzga. Podemos conversar sobre otros temas, si lo desean, así como venir otro día a confesarse.

—Hay más opciones que en las oficinas públicas, en ellas hay que cumplir con las normas y los horarios sin distinciones—dijo ella.

—Agradezco el elogio—dijo Antonio sonriendo.

Anastasia también sonrió, luego se acomodó en su silla y preguntó algo turbada:

—¿Puedo comenzar?

—La escucho—dijo el padre Antonio.

Anastasia llenó de aire sus pulmones, como si tomara impulso antes de comenzar una larga carrera.

—Padre, he vivido de mi cuerpo desde que era una jovencita. Tuve una amarga experiencia con un joven de mi edad y para vengarme de él lo engañé con un hombre mucho mayor que yo, y ese hombre...

Anastasia se detuvo unos instantes, como si buscara las palabras más adecuadas para decir algo desagradable.

—Me convirtió en una mujer que vendía su cuerpo. Me prostituyó.

El padre Antonio asintió, indicándole que la había entendido. Su rostro, como siempre se mantenía sereno.

—Me alejé de mi familia, a pesar de que mis padres lo intentaron todo para que regresara a una vida normal. Abandoné mi país y me fui a los lugares donde se puede ejercer el oficio con ciertas libertades. Hasta me convertí en una privilegiada, gracias a mi belleza y la educación que me dieron en mi casa, pero tuve que acostumbrarme a esconder mis sentimientos, a usar dos caras en todo momento. Llevaba una vida desahogada desde el punto de vista económico y logré tener ciertos lujos, así como un apartamento propio. Cuando mi belleza comenzó a desaparecer traté de encontrar otro trabajo, pero me resultó muy difícil. Estuve tres años viviendo de mis ahorros. Cuando finalmente logré encontrar un trabajo decente, alguien me hizo una trampa y me despidieron. En ese trabajo había mantenido una relación con un hombre casado, de forma que me encontré sin trabajo, sin dinero y además embarazada. Tenía cerca de cuarenta años.
—Pero un hijo es un regalo de Dios—intervino Antonio.
—Lo es, mas no podía mantenerlo. No supe qué hacer y decidí dejar a mi hija en un orfanato...

Su voz se quebró y dejó de hablar por unos segundos. Extrajo un pañuelo y secó algunas lágrimas que corrían por sus mejillas.

—Tiene una hija—dijo Antonio para concederle unos segundos más—, ¿qué edad tiene en la actualidad ella?

—Tiene dieciséis años, la misma edad que tenía yo cuando abandoné mi casa y me convertí en lo que soy.

Antonio comprendió que, más que la vida que había llevado, aquélla mujer tenía otras penas, entre ellas que quizás su hija no la conociera, por lo que su próxima pregunta fue muy directa.

—Su hija, señora Anastasia, ¿sabe que Usted es su madre?

Anastasia sólo movió la cabeza a ambos lados. No podía articular palabras en ese momento y bajó la vista hacia el suelo.

—Fue adoptada. Vive en América—dijo Anastasia casi sin voz—. Pero no me dieron más datos en el orfanato. Está prohibido, deben evitar conflictos con los padres adoptivos.
—Bien, hermana—dijo Antonio—, deberá vivir con eso el resto de su vida.

Anastasia apretó los labios y contuvo las lágrimas, luego dijo:

—No será por mucho, creo.

El padre Antonio arrugó el entrecejo. Había algo más que no sospechó antes.

—¿Está Usted enferma?—preguntó.
—Sí. Es cáncer.
—¿No es posible iniciar algún tratamiento?—preguntó nuevamente Antonio.
—No lo sé, pero si fuera posible, no tengo el dinero para eso.
—Eso puede arreglarse, hermana.
—No, no se puede arreglar, padre—respondió Anastasia—, no puede arreglarse que yo me alejara del único hombre, además de mi padre, al que he amado en este mundo; no puede arreglarse que me haya convertido en una prostituta; no puede arreglarse que haya abandonado a mi hija, negándole a mis padres que

conocieran a su nieta, no puede arreglarse el hecho de que no quiero seguir viviendo...

Anastasia se detuvo, su subconsciente la había traicionado, sus manos temblorosas buscaron de nuevo el pañuelo para secarse unas lágrimas que no existían. Todo su ser demostraba impotencia, miedo, dolor, arrepentimiento, una combinación de sentimientos muy peligrosa que puede conducir a cualquier persona a realizar actos de locura.

Antonio rogó porque se presentara el hermano Bartolomé, para que con su silenciosa sabiduría lo ayudara a cambiar el sentido de la vida a una persona desesperada.

—Perdóneme, padre, pero no sé qué hacer. Estoy sola, enferma y no sé a dónde dirigirme.
—Sí, lo sabe, pues ha venido hasta aquí—replicó Antonio.

Antonio se puso de pie y dio unos pasos por la habitación para ordenar sus pensamientos antes de sugerir algo.

—Verá hermana Anastasia. Nadie está solo en este mundo, porque Dios siempre está ahí, sólo que no podemos comprenderlo, y en muchas ocasiones, yo diría que en la mayoría, no queremos comprenderlo. Hacemos, no lo que sabemos que es correcto, si no lo que queremos; por orgullo o por vanidad. Nos negamos a pedir perdón por nuestras faltas a las personas a las que más amamos y que casi siempre son las perjudicadas. A veces, hasta nos negamos a pedir un simple consejo, preferimos seguir nuestro propio camino aunque no sepamos ni a donde vamos. Cuando pasan los años, muchos errores ya no pueden enmendarse y sólo nos queda pedir el perdón. Somos como niños, que necesitamos pasar por las desagradables experiencias de la vida para admitir finalmente, luego de vanos esfuerzos y la pérdida de nuestros mejores años, que nos hemos equivocado. Ahora quiero que me diga algo:
—¿Mantiene contacto con sus padres? ¿Viven aún?

—Si, aún viven, pero prefiero mantenerlos alejados de mi vida. Residen en la misma casa donde nací.

—Entonces, además de que abandonó su casa, sus padres no tienen noticias suyas.

—Saben que estoy viva, por referencias de otras personas, pero nunca me he atrevido a ir a verlos, llamarlos por teléfono o escribirles.

—Dígame una cosa, hermana Anastasia, si su hija, por alguna razón supiera de su existencia y viniera a verla, ¿la rechazaría?

—No.

—¿Le contaría toda la verdad si ella le preguntara por su vida anterior?

—No sé si tendría valor—contestó Anastasia.

—¿Cree que sus padres la rechazarían por lo que hizo?

—No, sé que ellos siempre han estado ahí, esperando a que vuelva—dijo Anastasia con un suspiro.

—¿Qué le impide volver a su casa?

—Nunca será igual—dijo Anastasia moviendo la cabeza.

—Claro que nunca será igual—admitió Antonio—, no se puede echar atrás el tiempo. Pero dígame, sinceramente, ¿no añora volver a ver a sus padres personalmente, a su casa, su cuarto, sus juguetes, a sus vecinos y amigos?, ¿no cree que eso pueda ser muy reconfortante?

Anastasia no respondió. Las lágrimas brotaban incesantemente. Esta vez Antonio había tocado la llaga. La mujer que tenía frente a él, crecida en medio de dificultades y penas, acostumbrada por tanto al dolor, se había hecho muy fuerte, mas su fortaleza no resistía el embate del tiempo transcurrido lejos de sus progenitores, del calor de un hogar verdadero. Ese primer paso dado treinta años atrás, que la llevara a otra vida completamente distinta a la que cualquier persona sana quiere, dolía mucho más que todos los otros errores.

—No podría enfrentar a mis padres ahora—dijo al fin.

—No va a enfrentarse con ellos, sino a verlos—aclaró Antonio—. Eso no va a resolver sus problemas, pero le hará ver con otros ojos el mundo. No se trata de recibir el perdón, sino de admitir sus errores, de estar dispuesta a que la perdonen, porque sus pecados, la han hecho muy infeliz a Usted, a sus familiares y amigos, y por supuesto, entristecen al Señor. Pero ha sido la mayor perjudicada en eso; sus padres no le van a reprochar nada, van a estar felices de verla. Ningún padre que ame verdaderamente a un hijo le hace reproches cuando éste regresa.

Anastasia se secó las lágrimas y respiró algo más aliviada. Apretó los labios mientras miraba a su interlocutor.

—Aun si me decidiera a verlos, ¿qué va a ser de mí?, no volveré a ver a mi hija y moriré pronto; eso no puedo decirlo a mis padres porque sería peor a que no me volvieran a ver—murmuró Anastasia.

El padre Antonio dio algunos pasos, colocándose frente a la ventana. Trataba solamente de ganar unos segundos para continuar la conversación. Entonces sucedió lo inesperado. El hermano Bartolomé se presentó, sin embargo no dirigía sus divinos ojos azules hacia él. Miraba hacia aquella mujer, que se secaba las lágrimas sin percatarse de su presencia. El padre Antonio, sorprendido aún, se volvió hacia Anastasia y le dijo:

—Por favor, hermana Anastasia, venga hasta la ventana.

Ella obedeció. Cuando se detuvo junto a él, Antonio dirigió su mirada hacia el hermano Bartolomé. Fue en ese momento en el que Anastasia vio al santo monje. Se quedó sorprendida, anonadada, su rostro palideció y abrió la boca como si fuese a decir algo, pero se quedó muda. Pasaron varios segundos antes de que nuevamente corrieran por sus mejillas las lágrimas.

Los puños de Anastasia se crisparon, apretando uno el pañuelo y el otro una pequeña cartera que colgaba de uno de sus hombros. Sus piernas parecieron flaquear y su cuerpo comenzó a estremecerse al tiempo que rompía en sollozos. El padre Antonio la sostuvo por los hombros mientras su mirada iba de él a ella. Al cabo de dos minutos Anastasia respiró más desahogada, los temblores disminuyeron y sus piernas pudieron sostenerla, mas sus ojos eran aún un manantial inagotable. Antonio la condujo hasta la misma ventana, donde ella se aferró al marco, atada a Bartolomé por el hilo invisible de aquellos ojos que leían en su alma.

Bartolomé se acercó, alargó sus manos y tomó las de ella, las llevó a su pecho y las sostuvo, bien apretadas, contra su tabardo oscuro. Como todos los que habían tenido encuentros con él, sintió que toda su vida corría ante ella en breves segundos, que el dolor acumulado escapaba fuera de su cuerpo, y que su alma era liberada de la prisión de sus penas, convirtiéndose en otra persona por la gracia de Dios, recibida a través de un hombre que había renunciado voluntariamente al don de la palabra, pero cuyo silencio era como un soplo divino de vida, paz y armonía.

Cuando finalmente Bartolomé soltó sus manos e hizo ademán de retirarse, Anastasia movió su cabeza a ambos lados y extendió otra vez sus manos para tocarle, mas él hizo un profunda inclinación y luego se arrodilló para recibir la bendición del padre Antonio.

—Que Dios te bendiga, hermano Bartolomé—dijo brevemente Antonio.

Una vez que desapareció Bartolomé, Antonio tomó por el brazo a Anastasia y le dijo cariñosamente:

—Venga hermana, siéntese, creo que necesita descansar un poco antes de continuar.

Anastasia le obedeció, conmocionada aún por aquélla extraordinaria experiencia y sin atreverse a pronunciar palabra.

—Debe excusarme un momento, hermana. Voy a buscar un poco de agua—dijo Antonio.

Anastasia no respondió, sólo asintió con su cabeza y se quedó ensimismada, confundida también en buena medida, pero satisfecha de haber llegado hasta allí para confesarse, de no haber renunciado a compartir su dolor con el Señor.

El padre Antonio fue hasta la cocina para buscar un vaso de agua y un poco de té. No se encontró con el hermano Bartolomé, quien seguramente se había retirado a orar a su habitación o en alguna de las capillas. Cuando le sirvieron el té, las galletitas y el agua, él mismo llevó la bandeja a pesar de que uno de los monjes insistió en que no lo hiciera.

A pesar de sus largos años de ejercicio se había sentido muy tenso aquella tarde. El hecho de que se trataba de una mujer, así como el drama en medio del cual ella se debatía lo hacían pensar en los millones de personas que sufrían situaciones como aquéllas, o aún peores, y que ni siquiera acudían a un amigo para contarle sus penas. Dios está junto al hombre; sin embargo, ni la religión, ni obra humana alguna, pueden impedir los miles de suicidios, muertes por excesos en el consumo de drogas y otros actos fruto de la desesperación a la cual es arrastrado el hombre por el mundo construido por él para su propia destrucción. De acuerdo con su percepción, la sociedad caminaba sin rumbo ni metas concretas, que no fueran el disfrute sin límites, el derroche, el miedo y el odio a sus congéneres, inducido en la mayoría de los casos por personas sin escrúpulos que servían sin reparos al Dios Dinero.

Al llegar a su despacho se encontró a Anastasia en la misma postura en la que la había dejado. Estaba tan ensimismada que

Antonio tuvo que carraspear para lograr que ella se percatara de su presencia.

—Bien hermana, puede beber un poco de agua y después tenemos té con unas galletitas que son la especialidad de la casa.

Anastasia bebió varios sorbos de agua. Luego esperó a que el padre bendijera los alimentos y tomó en sus manos una de las tazas. Antonio esperaba la pregunta que siempre hacían los que se encontraban con Bartolomé, pero en esta ocasión no se produjo la pregunta acostumbrada.

—Ese hombre, padre, no debería estar en este lugar, debería estar caminando por el mundo repartiendo su gracia a cada paso.
—¿Impresionada?
—No sé si esa es la palabra—respondió Anastasia—, en realidad no puedo explicarlo, pero ninguno de los sentimientos que he tenido antes tiene semejanza con lo que he sentido hoy.
—Me agrada saberlo—dijo Antonio.
—¿Cómo llegó hasta aquí?, ¿cuál es su historia?—preguntó a su vez Anastasia.
—No la conocemos, hace unos siete años llegó a este monasterio, como novicio, hizo votos de silencio desde el comienzo. No puedo decirle más, sólo que todos los días le damos gracias a Dios porque nos envió un compañero como él, y cada vez que lo vemos, nos impresionamos tanto como Usted. Su silencio es tan precioso y expresivo, que es muy probable que no le entendamos si un día nos dirige la palabra.

Anastasia bebió un sorbo de té y probó una galletita. Ahora observaba el rostro del padre Antonio; sin duda tenía muchas interrogantes en mente, pero hizo la que resumía su interés por los dos hombres con los que se había relacionado en aquel lugar.

—¿Cómo es dedicarse a Dios, padre Antonio?, ¿cómo dan ese primer paso?

Antonio había respondido esa pregunta varias veces. Pero esta vez, en cambio, trató de explicarlo de la manera más sencilla posible.

—Ese paso hermana, no depende enteramente del hombre, el Señor extiende la mano y te dice: sígueme, siempre estaré contigo, y es difícil resistirse a eso, a pesar de los peligros, de las incomprensiones de los hombres y de muchas otras cosas que se interponen en nuestro camino. Muchas veces flaqueamos, algunos abandonan el camino, pero Dios no deja de buscarte y encontrarte para decirte: no tengas miedo, aquí estoy como te prometí al principio.

—Cuando logras comprender que Dios está contigo—continuó Antonio—, ya no necesitas otros estímulos, lo sigues a El y todo será como debe ser.

—¿Cómo pueden saberlo sin una revelación directa?

—Algunos la tienen; para otros solamente sucede, después, con el tiempo, lo entiendes. Al principio, puedes hasta creer que eres tú quien le busca, pero no es así. Es el mal lo que puede buscar el hombre por sí mismo y siempre lo encuentra fácilmente. A Dios, solamente si él te muestra el camino.

Anastasia no hizo más preguntas relacionadas con ese tema, terminó su té y colocando la taza en la bandeja aguardó por el padre Antonio, quien disfrutaba aún sus galletitas y sorbía poco a poco el contenido de su taza. Cuando hubo terminado, apartó la bandeja y tomó su servilleta para limpiarse.

—¿Le gustaron las galletitas?—preguntó Antonio—, a nuestro cocinero le agrada que le elogiemos por ello.

—Sólo de verlas invitan a comer—dijo Anastasia.

—Le daré las gracias de su parte—dijo Antonio—, es una lástima que no pueda conocerlo, estoy seguro que aprendería mucho de él, es un gran maestro de cocina.

—Será en otra ocasión—dijo cortésmente Anastasia—; quizás debí aprender muchas cosas en la cocina con mi madre, seguro que me hubiese ido mejor.

—Nunca es tarde—dijo Antonio.

Anastasia sonrió.

—Ya no tengo tiempo para eso—dijo ella.
—¿Eso cree?—preguntó Antonio—; tengo algunos años más y continúo aprendiendo cada día.
—No lo decía por mi edad.

Antonio cayó en la cuenta de que se refería a su enfermedad y no a los años vividos.

—Créame hermana, debe ser fuerte. Usted ha luchado toda su vida contra la adversidad. No puede rendirse ahora que ha encontrado el camino del Señor, cuando se ha reencontrado con su verdadero yo. Aunque el miedo a la muerte es normal en todo ser humano piense en esto: debe aprender de lo que le ha sucedido hoy; si lo ha entendido significa que ha vuelto a la vida, que es Usted una persona nueva. No mire hacia el mañana con el miedo y el dolor con el que ha vivido hasta hoy porque no escapará de su pasado, y eso equivale a la muerte, no a la que está por venir, que es la del cuerpo, sino a la muerte de Anastasia en cuerpo y alma.

Anastasia no articuló palabra, pero las que había dicho Antonio eran las que precisamente quería oír en ese momento.

—Después de hoy, ¡quisiera hacer tantas cosas!—dijo abriendo los ojos en una expresión que decía mucho más que las palabras.
—Vaya y hágalas, no seré yo quien la detenga.
—¿Me dará Dios el tiempo?
—Para El no existe esa dimensión, pero si cree que es justo, y El es justo, se detendrá el tiempo para Usted.
—Quisiera conocer a mi hija.
—Búsquela.

Anastasia entrecruzó los dedos de ambas manos y cerró los ojos murmurando:

—Que Dios me ayude a lograrlo.
—Póngase en el camino—le dijo Antonio,— que El será su guía.

Anastasia levantó la vista hacia su interlocutor. Las lágrimas habían desaparecido; y la tristeza en sus ojos era superada por la fuerza de una persona decidida a luchar. El padre Antonio conocía lo suficiente la naturaleza humana como para no darse cuenta del cambio experimentado en la mujer que tenía frente a él.

—¿Querrá Dios perdonarme?
—¿Está dispuesta a recibirlo a El y a respetar la vida que El le ha dado?—preguntó a su vez el padre.
—Sí—respondió ella.
—No esté preocupado, padre—dijo Anastasia—, si en algún momento pasó por mi mente quitarme la vida ya lo superé. Sólo tengo miedo y eso es lógico, pero tengo más temor a no encontrar a mi hija que a morirme.
—Lo comprendo. Verá, conozco algunas personas que pueden ayudarla. Me pondré en contacto con ellas y después la llamo, ¿tiene un teléfono?
—Sí.

Anastasia le alargó un pequeño pedazo de papel con un número telefónico y su nombre.

—Bien hermana Anastasia, ¿quiere decir algo más?

Anastasia suspiró y dijo finalmente:

—Quiero que Dios me perdone por haberle dado la espalda tanto tiempo y por todo lo malo que haya hecho antes.

Antonio tomó su estola y se la colocó alrededor de su cuello. Era la única formalidad que seguía durante una confesión, luego acercó su silla hasta colocarla frente a ella. Después de darle la absolución, mantuvo unos segundos su diestra sobre la cabeza de Anastasia, a quien encomendó a María, la virgen y madre del Señor.

—Bien, hermana, ya es libre—dijo Antonio—; ahora puede marcharse.
—¿Puedo pedirle algo más, padre?—preguntó Anastasia poniéndose de pié.
—Seguro.
—¿Puedo darle un abrazo? No será un abrazo de mujer.
—Lo sé—contestó Antonio abriendo los brazos e irguiéndose—, venga ese abrazo.

Anastasia se acercó y lo abrazó suavemente, luego fue apretándolo poco a poco, a medida que sus lágrimas escapaban humedeciendo el tabardo gris del sacerdote.

Antonio acompañó a la señora Anastasia a través del patio. Justo antes de abrir la puerta de salida ella se volvió y le preguntó con cierta malicia en la mirada:

—¿Me he portado bien padre?
—Claro, ¿por qué lo pregunta?
—Bueno, porque soy una mujer de la vida y alguien pudiera pensar que vine a insinuarme con un sacerdote.

Antonio soltó una pequeña carcajada.

—No esté preocupada, aquí nadie va a pensar nada malo de Usted puesto que todos somos pecadores y lo que me ha dicho es secreto de confesión.
—Lo sé—dijo Anastasia.

—¿Sabe, padre? Aunque sea al final de mi vida estoy segura de que soy otra persona.

—Lo era ya desde que se decidió a venir; pero ahora está convencida—aseguró el sacerdote.

—Adiós, padre Antonio—dijo ella y salió al exterior.

Antonio esperó a que Anastasia arrancara su auto para decirle adiós con su mano derecha y hacer la señal de la cruz. Luego se dirigió a su despacho, como era su costumbre, para meditar sobre lo ocurrido ese día, orar por ella y leer alguno de sus libros. Su reloj marcaba las cinco de la tarde.

Capítulo VIII

ABANDONO

El padre Antonio caminaba despacio; le gustaba caminar lentamente para relajar cuerpo y mente. Mientras tanto observaba todos los puntos más descollantes del monasterio: el campanario, los almenares, los árboles, la verde hierba, cada piedra de su imponente estructura le parecía nueva e interesante. Al llegar a su oficina se quedó en suspenso en el umbral. Allí estaba Bartolomé, arrodillado en el suelo y con los dedos de sus manos entrecruzados. En ese momento pensó que el joven había olvidado que ya había recibido la bendición mientras se confesaba Anastasia, de modo que se acercó a él extendiendo su brazo derecho, mas el monje le miró de una forma que lo hizo detenerse en seco.

—¿Qué sucede hermano Bartolomé?—preguntó un tanto sorprendido.

Bartolomé le miraba de una manera tan extraña, que por un momento el sacerdote pensó que su hermano había perdido la cabeza o estaba en trance. Entonces, apelando a toda su experiencia, Antonio se sentó en el suelo frente a él para esperar, como siempre, que el joven monje se hiciera entender con su sabio lenguaje del silencio.

Pero nada sucedió, Bartolomé continuaba mirándolo de la misma forma. Su rostro no tenía el esplendor de siempre. Estaba triste, ensimismado y al mismo tiempo asustado.

—¿Qué tienes, hermano?—preguntó entonces Antonio sin saber qué hacer.
—¿Estás enfermo?—preguntó de nuevo Antonio aunque suponía que su estado nada tenía que ver con una enfermedad del cuerpo.
—¿Qué quieres?—preguntó otra vez el padre Antonio.

Al no obtener respuesta directa se quedó sentado inmóvil estudiando aquel rostro que podía decir tantas cosas. Fue entonces cuando se dio cuenta de que venía a confesarse, lo cual era algo inusual en el joven, que normalmente lo ayudaba a él, precisamente en las confesiones de otras personas.

—De acuerdo, hermano, quieres confesarte, ¿es eso?

Bartolomé sólo extendió sus manos y agarró con fuerza las de Antonio.

—Está bien, hermano Bartolomé, pero debemos ir despacio—advirtió Antonio—, es la primera vez que vienes a confesarte conmigo.

Bartolomé cerró los ojos por unos momentos y se inclinó. Después de eso, su cuerpo se estremeció como si hubiera recibido un golpe y miró con tristeza al padre Antonio; quien notó mucho sufrimiento en su cara, más sonrosada de lo habitual. Seguidamente, hizo un gesto como de quien mece a un bebé en sus brazos, continuó cerrando sus ojos nuevamente, pero como el que no ve absolutamente nada.

—Sucedió algo cuando eras pequeño, ¿es eso?

Bartolomé hizo ademán de que dejaba al bebé en el suelo y volvía la cabeza hacia otro lugar. Antonio pudo ver en su mirada los ojos de un niño solitario, desamparado.

—¿Fuiste abandonado cuando eras niño?—preguntó Antonio.

Bartolomé volvió a cerrar los ojos, esta vez con fuerza, como si no quisiera recordar algo terrible, en lo que no se atrevía siquiera a pensar. Las lágrimas corrían por sus mejillas.

—¿Dónde fuiste abandonado?

Bartolomé cerró los ojos otra vez, como quien no puede ver nada.

—No lo sabes, ¿fue en la calle?, ¿en una casa para niños sin amparo?

Los ojos del joven continuaron sin abrirse. Antonio llenó de aire sus pulmones en un suspiro que parecía no tener fin. Se enfrentaba a la peculiar confesión de un joven a quien consideraba invadido por la gracia divina, y por quien oraba todos los días para que el Señor mantuviera su manto sobre él y continuara conviviendo con ellos en el monasterio. Ahora se encontraba ante él mostrándole un pasado desgarrador, que no imaginaba en un hombre con sus dones.

—No lo recuerdas, ¿verdad?—preguntó Antonio cuando el joven abrió sus ojos de nuevo.

Bartolomé cerró otra vez los ojos con fuerza, lo que era una afirmación de acuerdo con su forma de expresarse en esos momentos y por lo que Antonio había aprendido con el tiempo. Sabía que estaba obligado a obtener la confesión sobre la base de las preguntas que hiciera a partir de los cambios en el rostro del penitente.

—Eso significa que no conoces a tus padres—.afirmó Antonio.

A ello siguió el mismo gesto (ojos cerrados con fuerza) que mantenía segundos atrás Bartolomé.

—Fuiste criado en un orfanato, ¿cierto?

Bartolomé no movió los músculos de su rostro ni un ápice.

—Allí, en el orfanato, ¿tenías amigos?, ¿eras tratado bien?

A estas preguntas siguió un gesto sobrecogedor del joven. Palideció por primera vez desde que lo conocía. Miró al padre Antonio con dolor, el gris de sus ojos pareció más gris; el sacerdote pudo captar el dolor, el miedo y la desesperación en su mirada. Volvieron a correr las lágrimas y sus manos sostuvieron su cabeza por los oídos, como si quisiera ahogar los terribles gritos que escuchara en su infancia. Su sufrimiento era atroz.

Antonio colocó su diestra sobre uno de los hombros de Bartolomé tratando de tranquilizarle, aunque en su estado era casi imposible lograrlo.

—Hermano, respire, respire—insistió Antonio—, sé que es un hombre muy fuerte, no tenga temor.

Al escuchar sus últimas palabras el hermano Bartolomé comenzó a temblar como si convulsionara. Temiendo que se sintiera muy mal, el padre Antonio lo sostuvo y le dijo:

—Iré por la ayuda de otro de nuestros hermanos.

Pero Bartolomé no lo dejó levantarse. Se aferró a él con todas sus fuerzas en un arranque de desesperación. Lloraba y temblaba como un niño pequeño que hubiera tenido un choque emocional muy fuerte, cuyas consecuencias estuvieran fuera de su comprensión.

—Bien, hermano Bartolomé, cálmese, no me iré, pero cálmese. Necesita terminar.

El monje continuó llorando y temblando como un junco por más de dos minutos. Cuando sus manos comenzaron a aflojar su presión sobre Antonio, éste le preguntó:

—Ya entendí que pasó muchos momentos desagradables en ese orfanato. Pero ahora dígame algo más, ¿de todo eso le quedó el temor hacia alguna cosa?, ¿a qué le teme?

Bartolomé levantó su cabeza y tomó súbitamente las manos del sacerdote. Lo miraba fijamente, sin sollozos, pero con el terror plasmado en sus expresivos ojos. Entonces Antonio lo comprendió todo.

—Teme a la muerte, hermano, ¿cierto?

A su pregunta siguieron de nuevo los temblores y el llanto. Otra vez se aferró al tabardo de Antonio como si quisiera arrancárselo del cuerpo.

—Está bien, hermano, no tema, no tema—Antonio lo abrazó con mucha fuerza—, yo estoy aquí, los hermanos están con nosotros, el Señor te acompañará, no tengas temor.

La tensión del cuerpo fue disminuyendo paulatinamente hasta que pocos minutos después Bartolomé pareció derrumbarse, como si hubiese sufrido un desvanecimiento y Antonio supo en ese mismo instante que había terminado la confesión. Colocó su mano derecha sobre la frente del joven y murmuró las palabras habituales para liberarlo de los pecados, si era que verdaderamente había cometido alguno.

Antonio tuvo que erguirse y levantar al mismo tiempo al hermano quien parecía haber quedado en una especie de ensueño. Con mucha ternura, el sacerdote lo alzó en sus brazos y lo condujo por los pasillos hasta su aposento, bajo la mirada atónita de algunos hermanos de la orden. Una vez allí, le acostó y luego se arrodilló y oró por él encomendándolo a los ángeles para que pudiera dormir sosegado.

El sacerdote se quedó cerca de media hora sentado en el borde de la cama. Convencido de que todo iba bien, se dirigió hacia el despacho del hermano Daniel. Debía informarse de ciertas cosas acerca de Bartolomé y él era el único que podía tener los antecedentes sobre la infancia del abrumado monje al que tanto aprecio tenían todos en el monasterio.

El Abad o jefe de la congregación en aquel monasterio recibió al padre Antonio como de costumbre, se puso de pie e indicó un asiento para el recién llegado. Una vez que éste se acomodó volvió a sentarse en su silla y fue directamente al grano.

—¿Ya se marchó la mujer que vino a verle, hermano Antonio?
—Si, hermano Daniel.
—¿No se quejó del trato?
—No, hermano Daniel, ella estaba muy abrumada por las penas; además conocía que no tenemos el hábito de recibir mujeres.
—¿Y aun así insistió en venir?
—Sí, pero creo que fue muy provechosa su visita.
—Explíquese—dijo Daniel.
—No lo digo por ella solamente. Al parecer, y esto que le voy a decir es una idea que me acaba de venir a la mente, quizás su estancia aquí y el hecho de que Bartolomé haya colaborado conmigo durante su confesión, hayan provocado que nuestro hermano recordara algo muy desagradable ocurrido durante su infancia, pues él también me pidió confesarse poco después de despedir a la señora Anastasia.

—Eso es una novedad—dijo el hermano Daniel levantando mucho las cejas.

—¿Sabe Usted cómo ingresó en nuestra congregación?—preguntó Antonio.

—Pues de una manera muy peculiar: fue encontrado por uno de los hermanos arrodillado junto al cuerpo de una mujer que había sido atropellada por un automóvil. Luego que los paramédicos se la llevaron en la ambulancia él se mantuvo allí orando, según dijo, para que su alma pudiera subir al cielo en paz. El hermano le preguntó dónde estaba su casa y le respondió que no tenía familia ni donde vivir. Entonces le preguntó si conocía algún oficio y le dijo que conocía algo de carpintería; así que nuestro hermano, que seguramente vio algo santo en Bartolomé, lo llevó frente a uno de nuestros obispos y fue admitido.

—Perdone si insisto y le hago otra pregunta: ¿por qué fue destinado aquí?

—Porque él mismo lo pidió, quizás quería alejarse de aquella ciudad—respondió el hermano Daniel encogiendo sus hombros.

El padre Antonio se puso de pie y el hermano Daniel lo imitó.

—¿Cree que sería conveniente que buscáramos un especialista, hermano Antonio?

—No considero que sea necesario. Pienso que sólo debemos estar más cerca de él que antes, llevarlo por los alrededores con la única intención de que camine con cualquiera de nosotros, le hablemos, en fin, que le hagamos saber con nuestro amor que estamos a su lado, que lo apoyamos.

—Bien, me encargaré de que siempre tenga compañía durante el día.

—Entonces me retiro, hermano Daniel, que la paz sea con Usted—dijo Antonio dirigiéndose hacia la puerta.

—¿Ya ha comido, hermano?—le preguntó Daniel.

—Creo que tomaré algo ligero y me iré a descansar, hoy he tenido un día cargado, gracias al Señor—respondió Antonio.

—Lo acompañaré—dijo Daniel apurando el paso.

Después de la comida, Antonio se fue a su habitación y tomó su diario, quería dejar constancia de lo sucedido ese día. Había sido muy importante para él conocer más de cerca a un hermano al que todos allí consideraban un santo, un mortal dotado por el Señor de una especial gracia para cambiar los corazones, y sacar todo el dolor y la angustia acumulados durante años por las personas, quienes luego de verlo se decidían de inmediato a rechazar el pecado y regresar al buen sendero. Después de anotar todo lo sucedido, se decidió a escribir esta oración:

> *Te doy gracias, Señor, por tener aquí a este hermano;*
> *por concederle la gracia de sanar las almas;*
> *de cambiar los corazones;*
> *de hacer más fuertes a las personas.*
> *Te doy gracias, Señor, por hacerte presente,*
> *a través de nuestro hermano,*
> *en medio de nosotros.*
> *Protégele y dale el consuelo en su dolor,*
> *líbralo de sus temores;*
> *pero si es tu voluntad que,*
> *con su desamparo y angustia,*
> *otros sanen, bendito seas, Señor.*
>
> *Amén.*

Capítulo IX

ENCRUCIJADA

Habían pasado dos meses desde las confesiones de la Señora Anastasia y del hermano Bartolomé. Como lo prometió, Antonio puso en contacto a la primera con Johan Warner hijo, para que comenzara un tratamiento, si aún era posible, para eliminar el cáncer. Además, se comunicó con Albert Nun a fin de que, sin que la madre lo supiera, la ayudara a encontrar a su hija. Sin embargo, no tenía noticias todavía.

En cuanto a Bartolomé, continuaba como siempre trabajando en la cocina, en su eterno silencio y con el esplendor acostumbrado en su rostro. No había vuelto a confesarse con el padre Antonio; pero cada vez que pasaba a su lado no perdía la oportunidad de pedirle la bendición y darle las gracias por haberle ayudado a soportar sus temores.

Antonio alternaba sus labores acostumbradas con varias horas diarias en la biblioteca, así como paseos matinales y vespertinos, combinados con muchas oraciones.

Un día frío, en el que realizaba su habitual caminata de la mañana, se le acercó uno de los hermanos de la orden para entregarle una pequeña nota manuscrita. Era muy escueta: Un

señor llamado Steve Garrison solicita sus servicios como confesor.
Estaba firmada por el hermano Daniel.

—Dígale que puede venir mañana—dijo Antonio guardando la
nota en uno de sus bolsillos.

El hermano se retiró y Antonio continuó su paseo. Su tiempo
de aislamiento y contemplación terminaba. Volvía a los encuentros
con personas que vivían en el mundo, "sus hermanos de afuera",
como les llamaba en particular, incluso cuando los mencionaba
en sus oraciones. Concluida la caminata, se dirigió a la cocina
para tomar un refresco, cosa que hacía muy pocas veces. Al verlo
Bartolomé, se acercó a él apresuradamente y se arrodilló para
pedirle la bendición.

—Que Dios te bendiga, hermano Bartolomé—dijo Antonio
colocando su diestra sobre la cabeza del monje.
—¿Tienen algún refresco o jugo para mí?—preguntó el
sacerdote.

Bartolomé se inclinó levemente y le indicó una pequeña
silla situada junto a una de las mesas donde se preparaban unas
verduras para el almuerzo. Regresó a los pocos segundos con un
vaso que contenía jugo de peras. Antonio tomó el vaso e indicó a
Bartolomé que se quedara junto a él, quien aceptó con gusto.

—Quizás mañana necesite tu ayuda—le dijo el padre Antonio—,
una persona vendrá a confesarse.

Bartolomé se inclinó y se retiró a su trabajo. Otros hermanos
le saludaron como siempre, aunque generalmente los que se
encontraban en la cocina, debido a sus múltiples ocupaciones, la
mayoría de las veces ni se percataban de su presencia. Antonio
terminó su jugo y volvió a su oficina, tomó del librero un pequeño
libro cuya antigua cubierta se encontraba desprendida de las
hojas; lo abrió y buscó el quinto capítulo, que tenía por título: "En

búsqueda de la verdad", y continuó la lectura a partir del mismo. En aquellas páginas siempre hallaba el camino para encontrarse consigo mismo. Buscar la verdad, y encontrarla, permitía llegar al sendero del bien, aparentemente tan fácil, pero al mismo tiempo tan esquivo al hombre, cuyo temperamento lo convertía en un ser imprevisible, y al mismo tiempo previsible. Muchas veces, conociendo cuál era la senda correcta, tomaba la equivocada, sucumbiendo así a las tentaciones, que para muchos provenían de Satanás, el ángel rebelde, y para otros, de la propia naturaleza humana, contradictoria, incomprensible.

Dos horas más tarde, escuchó las campanadas que llamaban para el almuerzo y dejó el libro sobre la mesa.

Durante la tarde su siesta fue más larga de lo habitual, despertándose cerca de las cuatro, debido a un sueño un tanto desagradable: veía a un niño arrodillado ante la figura del ángel rebelde, como si le adorara.

Muy pocas veces tenía sueños indescables, así que no se preocupó demasiado. Pero se puso en alerta, pues podría tener un significado. No porque estuviera dentro de las sólidas paredes de un monasterio y rodeado de sus hermanos en la fe, estaba a salvo de sucumbir a las tentaciones. El miedo, la incertidumbre y el dolor rondaban alrededor de quienes venían a confesarse, y también podían estar presentes entre los monjes, jóvenes o viejos, experimentados o no en sus relaciones con los que vivían en el mundo.

Realizó una corta caminata alrededor del patio y regresó al despacho bajo un cielo ya gris, aunque no retomó la lectura, sino que se quedó en meditación hasta el anochecer. A pesar de que fue al refectorio, sólo tomó una taza de té con algunas galletitas y se fue a la cama, donde estuvo orando hasta la medianoche, cuando se quedó dormido profundamente.

A la mañana siguiente y apenas concluido su desayuno, cuando se disponía a iniciar su caminata matutina, uno de sus hermanos le informó que el señor Garrison esperaba por él. Temiendo que el mismo hubiese estado manejando durante la madrugada, le dijo a su hermano que le hiciera pasar sin dilaciones. Esperó en el patio con la secreta esperanza de poder estirar un poco las piernas. Acompañado del monje, se acercó a él un individuo de fuerte complexión y baja estatura, mandíbula cuadrada y ojos oscuros, profundos.

—Aquí tiene al padre Antonio—dijo el monje y se alejó.
—Buen día padre Antonio—dijo Garrison y extendió su diestra.
—Buen día, señor Garrison—dijo Antonio correspondiendo a su saludo.

La voz y sus modales borraron la primera impresión causada por su fisonomía, un tanto misteriosa.

—Señor Garrison, acostumbro a caminar en las mañanas cerca de un kilómetro dentro de estos muros, ¿ha estado manejando durante la madrugada?
—Me levanté a las cuatro, pero estoy habituado, así que podré acompañarle—respondió Garrison.
—Muy bien—dijo Antonio—, de esa forma nos iremos conociendo.
—¿De dónde es Usted?—preguntó otra vez Antonio mientras comenzaba a caminar.
—Soy de origen griego, pero vivo en América desde niño.
—Entonces ha cruzado el océano para venir aquí—dijo Antonio.
—Un sacerdote amigo mío me informó que aquí se encontraba la persona más indicada para escucharme.
—¿Es una larga historia?
—No es larga—respondió Garrison—, más bien convulsa.
—¿Por qué ese apellido siendo Usted griego?
—Mi verdadero padre no quiso reconocerme. Es el apellido del que era esposo de mi madre.
—Era, ¿es viuda su madre?

—No, él se fue de la casa cuando yo era joven. Ella...

El señor Garrison aclaró su voz antes de continuar, parecía querer ganar tiempo. Antonio esperó mientras continuaban aplastando la hierba bajo sus pies.

—Ella murió hace unos meses—dijo al fin.

Antonio notó en su voz y en su rostro algo más que pena por la muerte de su madre. Fiel a su modo de tratar a quienes venían a verle, le preguntó:

—¿Quiere tomar algo antes, un poco de té, un jugo, o prefiere otro tipo de desayuno?
—No, no se moleste. Sólo como algo ligero al levantarme.
—Como guste.

Continuaron caminando, ahora en silencio. El señor Garrison no daba muestras de ser muy comunicativo, pero podía ser una apreciación superficial, por lo que Antonio no se precipitó en sacar conclusiones.

—Además de sus padres, ¿tiene otros familiares?—preguntó el sacerdote.
—Sí, tengo una hermana y...

Hubo un ligero titubeo.

—También tengo una hija.
—¿Esposa?—preguntó Antonio.
—No.

Los pies de ambos continuaron aplastando la hierba a su paso. Antonio notó que Garrison disimulaba muy bien la cojera de su pierna izquierda, manteniéndose junto al sacerdote sin dificultades.

—¿Trabaja?

—No en la actualidad.

—¿Qué hacía antes?—preguntó nuevamente Antonio.

—Hice varias cosas. Trabajé en las minas, en una gasolinera, manejé un taxi durante un tiempo...

Hubo otra pausa.

—¿Sufrió algún accidente en esa pierna?—preguntó Antonio mirándolo directamente.

—No exactamente, alguien me golpeó.

—¿Alguna pelea callejera?

Garrison recorrió con la mirada los muros que les rodeaban antes de contestar. Luego dijo:

—Mi padrastro me golpeó; estaba de muy mal humor ese día.

—No eran buenas las relaciones con él—afirmó Antonio.

—No, no lo eran.

—¿Es sobre eso que quiere hablar conmigo, o hay algo más?

—No. En realidad él no es una mala persona—respondió Garrison encogiendo los hombros.

Siguió un silencio de varios segundos, en el cual sólo se escuchaban los pasos de ambos hombres sobre la suave hierba. El sol comenzaba a penetrar dentro de los muros y Antonio decidió dar por terminado el paseo.

—¿Vamos adentro?

—Como guste—respondió Garrison.

Llegados a su oficina el padre Antonio le ofreció una silla al visitante, abrió su ventana y tomando asiento a su vez, le propuso iniciar la confesión con estas palabras:

—Le escucho, hermano. Aquí puede hablar sin limitaciones, nadie nos molestará.

Garrison echó una ojeada a la habitación antes de decidirse a hablar. Al parecer, le era difícil comenzar. Antonio no se apuraba nunca por la indecisión; dejaba en libertad a las personas mientras estudiaba sus rostros, sus reacciones más insignificantes. Todo le era útil para que la verdad saliera a flote en una conversación.

Luego de un minuto con los dedos entrecruzados y con la cabeza gacha, Garrison comenzó su confesión.

—He cometido los pecados más viles que puede cometer un hombre, en lo que se refiere a su moral. Odiaba a mi padre por golpear a mi madre, por eso nos fuimos a América, para huir de él. Un día en el que regresé de la escuela, donde me habían dado una paliza por manosear a una chica, ella me preguntó qué había pasado, como no le expliqué lo que sucedía, me gritó y, no sé explicarle por qué lo hice, la golpeé y después, la violé. Ella estaba inconsciente en el suelo. Yo escapé y estuve ocho días desaparecido, viviendo en un cobertizo de una casa abandonada. Mi madre hizo lo indecible para encontrarme. Por fin la policía me sorprendió tratando de robar comida en un mercado.

Garrison se detuvo unos segundos para tomar un poco de aire. No miraba directamente al padre Antonio.

—¿Qué edad tenía en ese entonces?—le preguntó Antonio.
—Quince años.
—¿Qué sucedió después de regresar a su casa?
—Mi madre me abrazó muy fuerte, me dijo que me perdonaba, que yo era su hijo. Nunca olvidaré todo el tiempo que me tuvo en sus brazos.

Garrison estaba muy pálido; sus ojos parecían hundirse más dentro de sus órbitas. Antonio pudo ver el dolor en ellos, la desesperación, y hasta la repugnancia por sí mismo.

—¿Qué sucedió después?
—El médico recomendó que me quedara en casa por unos días para reponerme. Mis maestros vinieron a verme, también mis compañeros del aula. Hasta algunos de los que me golpearon me visitaron. Una semana después volví a la escuela. Todo parecía ser como antes, pero yo no era el mismo, nunca más seré el mismo.
—Lo entiendo—dijo Antonio—, esos sucesos, especialmente los de la infancia y la adolescencia, marcan a las personas para siempre.
—¿Puede darme un vaso de agua, padre?
—Claro, venga conmigo. Así toma Usted un descanso.

Antonio le precedió hasta la puerta. Después, sin ninguna intención premeditada, Antonio colocó su brazo derecho sobre los hombros de Garrison, quien se estremeció como si hubiese recibido una descarga eléctrica.

—Disculpe si lo molesté—dijo el padre retirando su brazo.
—No, no es ninguna molestia, pero aún me sobresalto por el contacto con las personas, discúlpeme usted—dijo Garrison apenado.
—Bien, no se preocupe—dijo Antonio para tranquilizarle—, iremos ahora a la cocina y después, si lo prefiere, puedo mostrarle el monasterio.
—De acuerdo—dijo Garrison aún sobrecogido.

Una vez en la cocina, el padre Antonio pidió un vaso con agua, que rápidamente le trajo uno de sus hermanos.

—¿Se le ofrece algo más hermano?
—Está bien así—respondió el padre Antonio.

—Si el señor desea tomar otra cosa. Tenemos jugos de manzanas, de peras y de otras frutas. También puede comer las frutas en su estado natural.

—No, gracias. Sólo necesito el agua—respondió Garrison.

Después de que Garrison bebiera el agua Antonio le precedió por los diferentes recintos del monasterio, mostrándole las capillas, trabajadas en mármol y maderas preciosas, pulidas hasta la excelencia. También recorrieron los patios interiores, con sus jardines, así como algunos aposentos y la biblioteca.

—¿Cuántos libros hay en este lugar?—preguntó Garrison sin esconder su sorpresa.

—Muchos. No nos hemos preocupado por contarlos. Además, no es la cantidad lo que cuenta.

—No debe haber libros aquí cuya lectura implique una pérdida de tiempo—dijo Garrison.

Su razonamiento mostraba una chispa de inteligencia poco común que no pasó desapercibida para el padre Antonio.

—Eso es cierto—ratificó Antonio—; ésta no es una réplica de la famosa biblioteca de Alejandría, pero puedo asegurarle que tiene muy buenos libros.

Regresaron al despacho por uno de los pasillos centrales. Fue poco antes de abandonarlo que se encontraron con el hermano Bartolomé, quien llevaba una bandeja con dos tazas de té, que sostenía con ambas manos. El monje se quedó mirando fijamente al visitante mientras se acercaban.

—Es un hermano nuestro que ha hecho votos de silencio. Confíe en él—le dijo Antonio a Garrison.

Ya frente a Bartolomé, éste se mantuvo inmóvil, sin quitar sus ojos del recién llegado, quien comenzó a sudar copiosamente como si recibiera un chorro de vapor a través de la intensa mirada del monje. Antonio podía ver claramente cómo corrían las gotas por el rostro y el cuello de Garrison. Unos instantes después el silencioso joven cerró los ojos y el visitante pareció tener un desfallecimiento.

—¿Está usted bien, amigo?—le preguntó Antonio.

El aludido no contestó. Se llevó la mano derecha al pecho y respiró profundamente, como si hasta ese momento hubiera estado bajo el agua, conteniendo su respiración. Luego de unos segundos recuperó el color de su tez y dejó de sudar. Sacó un pañuelo que pasó por su rostro, su cuello y sus manos, quedando húmedo en su totalidad.

Bartolomé colocó la bandeja sobre una repisa en la que descansaba una pequeña imagen del apóstol San Pablo; se acercó a Garrison arrodillándose ante él, apoyó la frente en el suelo y agarró los pies de éste por los talones. Se mantuvo en aquella posición durante varios minutos en los que el penitente sólo atinaba a lanzar alguna que otra mirada hacia el padre Antonio, quien guardaba un respetuoso silencio. Transcurridos unos cinco minutos, el monje se irguió, extrajo de su cinturón un rosario y lo entregó a Garrison, luego lo hizo arrodillarse a su lado, y arrodillándose a su vez de nuevo, comenzó a andar por el pasillo, mientras el penitente hacía lo mismo. El sacerdote se apartó para darles paso y después los vio alejarse hacia una de las capillas.

Nunca antes el hermano Bartolomé había impuesto una penitencia a ninguna de las personas que solicitaban los servicios de Antonio, por lo que éste dedujo que algo no estaba bien en la personalidad de Garrison, o que su hermano de la orden estaba cambiando sus métodos para hacer que el dolor abandonara a aquellas almas turbadas por su pasado. Se acercó a la capilla despacio, allí encontró a los dos tumbados boca abajo frente a la cruz, a los pies del altar. Luego de diez o quince minutos en tal posición, Bartolomé enderezó su espalda hasta quedar otra vez de rodillas; cuando el penitente lo imitó se volvió, y de rodillas, se dirigió al pasillo. Garrison se mantenía a su lado, sosteniendo el rosario y cabizbajo; sus ojos parecían más profundos, más oscuros. Antonio los siguió por el pasillo, ahora en dirección a otra de las capillas. Así continuaron visitando todas las que se encontraban en la planta baja de la enorme edificación, seguidos por el sacerdote, en oración.

Cerca del mediodía y ya en la puerta de la oficina, Bartolomé se levantó del suelo, tomó a Garrison por las manos para ayudarle a levantarse y lo atrajo hacia sí abrazándolo cariñosamente. Finalmente, lo tomó de la mano y lo entregó al padre Antonio, quien pudo ver ante él otro rostro muy distinto al del Garrison que viera en la mañana.

Antonio le dio la bendición a Bartolomé, que esperaba por ella a sus pies, y dirigiéndose al penitente le dijo:

—Pase, hermano, tomaremos un descanso antes del almuerzo.

Una vez sentados uno frente al otro el padre Antonio repasó los detalles en el rostro de Garrison: sus ojos oscuros y profundos seguían allí, pero su luz era distinta, sus mandíbulas ya no estaban contraídas, la palidez se había ido. Tenía en sus manos aún el rosario que le diera el monje.

—Bien, hermano Garrison, podemos tomar un breve descanso antes del almuerzo, debe estar usted hambriento.
—Sí, desayuné muy temprano, pero no tiene que incluir en mi visita un almuerzo—objetó el aludido.
—Siempre lo incluyo. Todos los que vienen aquí deben trasladarse por carretera desde lugares distantes, y por otra parte, no hay lugares cercanos donde almorzar, nos encontramos un poco aislados.
—Bueno, lo aceptaré con gusto.

—¿Se siente usted mejor, amigo Garrison?

—Sí, mucho mejor.

—¿Cansado? —preguntó de nuevo Antonio.

—No; aún apenado, un poco confundido, pero no cansado. Me siento en realidad menos pesado que cuando llegué; más libre, creo que es la palabra adecuada. Dios es el dueño de nuestros destinos, pero quizás debió mandarme aquí desde que..., desde que me golpearon en la escuela. No me imaginaba que existieran personas tan sorprendentes como las que he conocido en este lugar.

—Dios es paciente—dijo Antonio—, y no mide el tiempo como nosotros.

—El es el dueño del tiempo, pero nosotros solamente podemos usar un corto espacio de ese tiempo. No somos eternos.

—Podemos vivir junto a Él en la eternidad—objetó Antonio—, sólo debemos aprender ahora cómo lograrlo.

Garrison hizo un ligero gesto de inconformidad antes de decir:

—A un hombre no deberían sucederle ciertas cosas. Creo que El no debe dejarnos en libertad de hacer lo que queramos.

El padre Antonio notó que de pronto Garrison, tan misterioso al principio, se había vuelto muy elocuente, lo que era un buen indicio de que la cura a sus males había comenzado.

—El libre albedrío—comentó Antonio—para muchos es contradictorio que el creador nos deje ser lo que somos, pero ¿no haría usted lo mismo con sus hijos?

Garrison lo miró en forma muy directa. El sacerdote adivinó que quería decirle algo muy importante, para lo cual buscaba las palabras precisas.

—Hay hijos que no deberían saber ciertas cosas acerca de sus padres—dijo finalmente.

—Todo depende de la confianza que tenga uno en el otro—replicó Antonio.

—Quizás—respondió Garrison y dejó en suspenso la conversación.

—Bien—dijo Antonio—, si usted no se opone podemos ir a almorzar.

—De acuerdo, padre.

El sacerdote le precedió hasta la puerta, luego caminó a su lado por el pasillo hasta llegar al refectorio, que se encontraba muy animado gracias a la presencia del hermano Iván, quien no perdía la costumbre de hacer reír a todos con sus múltiples bromas y juegos de palabras, que no dejaban de sorprender a sus compañeros, estuvieran alertas o no, pues la mayoría de las veces muchos quedaban confundidos por la forma tan natural en que se expresaba antes de caer en la cuenta de que ya les había tomado el pelo.

Se sentaron en una mesa pequeña, con un banco sin espaldar a cada lado, y esperaron tranquilamente a que los atendieran. No tuvieron que esperar más de dos minutos, pues un novicio se acercó para preguntarles si tomarían algún aperitivo.

—Para mí un jugo de frutas, de cualquiera de ellas—dijo Antonio.

—Para mí un jugo de naranjas—dijo Garrison.

—Pronto regreso—dijo el novicio inclinándose antes de retirarse.

Un minuto después volvía hasta la mesa con una bandeja con dos vasos llenos de jugo, uno de manzanas y el otro de naranjas, acompañados de unas galletitas. Una vez que terminaron su aperitivo, se presentó de nuevo el novicio para anunciarles el menú.

—Tenemos potaje de judías, filete de pescado asado al horno, hamburguesas con aceitunas, ensalada de lechugas, coles y zanahorias.

—Para mí está bien con las judías, el filete de pescado y la ensalada—dijo el padre Antonio.

—Yo prefiero las hamburguesas y la ensalada—dijo su invitado.

El novicio se retiró y en ese momento se presentó Bartolomé; llevaba una bandeja con dos potes de mermelada de ciruelas cubierta con polvo de queso, que dejó sobre la mesa.

—Somos afortunados, agregaron un postre especial a nuestro menú—dijo Antonio sonriendo.

Garrison no articuló palabra, siguió con la mirada la figura de Bartolomé hasta que desapareció tras las paredes de la cocina.

—No hay dudas de que somos afortunados—aseguró después Garrison mirando a su confesor—, ustedes por tener aquí a un hombre como él, y yo por haber venido.

Antonio guardó silencio.

—¿Quién es él y por qué no habla?—preguntó finalmente.
—Hizo votos de silencio desde que llegó. No conocemos la causa, ¿quién es él?, no sabría decirle con exactitud. Todos los que han venido a confesarse me hacen esa pregunta, pero es la misma que nos hacemos los que convivimos con Bartolomé.
—¿Y qué creen ustedes?

Antonio se encogió de hombros antes de contestar.

—Es como una especie de ángel encarnado en un ser humano. Se adelanta a nuestros deseos; aparece cuando lo necesitamos, muchas veces antes de que se requiera su ayuda. Es algo que no podemos entender cuando sucede, pero pasa a menudo; de modo que estamos felices de tenerle con nosotros y no tratamos de responder a todas las preguntas que nos vienen a la mente. Simplemente "Dios provee" y con eso nos basta.

En ese momento se presentó el novicio con el almuerzo, por lo que la conversación se interrumpió para que el sacerdote realizara la bendición de los alimentos. Después de probar el primer bocado, Antonio comentó:

—Las judías son excelentes, todavía está a tiempo de pedir un plato.

Garrison rió y negó con la cabeza.

—Nunca he podido resistirme a comer las hamburguesas; me he acostumbrado. En las escuelas y en los diferentes lugares donde he trabajado siempre ha sido el plato principal en el almuerzo.
—Debería pensar sobre ese particular. Comer buena comida lo prepara para la vejez—aclaró el sacerdote.
—¿Alguien puede asegurar que llegaré a ella?—preguntó Garrison.
—¿Alguien puede afirmar lo contrario?—preguntó a su vez Antonio.
—Cambiar de vida no es sólo cambiar de camisa—agregó Antonio tomando un pequeño pedazo de pan de la cesta ubicada en el centro de la mesa.

Garrison lo pensó un momento.

—Bien, lo tendré en cuenta para el próximo almuerzo—dijo antes de cortar otro trozo de hamburguesa.

No volvieron a tocar el tema de la mejor comida. Concluido el almuerzo, Antonio llevó a Garrison a una pequeña biblioteca que él visitaba en contadas ocasiones. En la misma sólo había libros de teología, todos muy bien conservados. El sacerdote se sentó en una de las mesas e invitó a su amigo a acompañarlo.

—Amigo—le dijo Antonio—, le he traído a este lugar, que es muy especial dentro del monasterio, ya que en el mismo se encuentran las obras más importantes de teología escritas por los padres de la Iglesia Cristiana, así como de otros estudiosos de épocas posteriores, para decirle algo que considero fundamental en la relación entre Dios y los hombres: No existe en el Universo un ser que el Señor haya creado con más amor que a nosotros. La creación entera, que lleva el sello de su voluntad, no es comparable con quien recibió el espíritu divino en el mismo instante de su nacimiento.

Garrison le escuchaba atento, sin desechar palabra alguna.

—Le digo esto—continuó el padre Antonio—, con el único fin de que usted se despoje de todo ese mundo anterior en el que ha vivido, sin culpar a Dios. El nos hizo libres porque nos considera sus hijos, no unas simples criaturas entre tantas. El mal uso que hacemos de esa libertad se deriva de nuestra rebeldía, de nuestro orgullo, de nuestra ignorancia. El es nuestro padre y un buen padre sabe indicar a sus hijos el buen sendero, pero no es un carcelero. Si nos impusiera el bien, entonces se convertiría en un tirano; tal vez fuéramos mejores súbditos, mas no mejores hombres; y como ya no seríamos sus hijos, tampoco le llamaríamos Padre.

Antonio hizo una pausa para saber si sus palabras causaban el efecto que quería. Su interlocutor continuaba muy atento.

—Hermano—continuó Antonio—; sé que tiene algo grave que decirme aún. No tema, Dios espera siempre que lo recibamos en el amor.
—Le decía al principio—dijo finalmente el padre Antonio—, que aquí se guardan magníficas obras de teología, todas ellas se han erigido en defensa de la existencia de Dios. Sin embargo, todas nuestras buenas obras, todas nuestras oraciones y nuestras alabanzas, caben en ese pequeño soplo de amor que nos dio su espíritu y que nos convirtió en lo que somos.

Antonio calló y Garrison, con mucha ecuanimidad, le dijo:

—Lo he comprendido, amigo Antonio, gracias por hacérmelo saber de una manera tan explícita.

—Bien, entonces podemos regresar a mi oficina—concluyó el sacerdote levantándose de su silla y dirigiéndose hacia la puerta.

Sentados ya en la oficina, frente a frente, Antonio dijo:

—Puede continuar, amigo Garrison.

Steve Garrison se acomodó en su silla, concentrándose de nuevo en su historia personal para seguir el relato.

—Cuando yo..., cuando violé a mi madre, ella quedó embarazada. No lo sabía, ni se lo imaginaba. Ella estaba inconsciente en ese momento; tampoco podía suponerlo pues su esposo era estéril. Al percatarse de su situación, ya no se podía hacer nada. Aún inocente, mi madre trató de convencer a mi padrastro de que él era el padre; pero él no le creyó. Considerando que le había engañado, abandonó la casa. Desesperada, acudió al médico para confirmar lo que ya sabía: que su esposo era totalmente estéril, que no existía la posibilidad de que pudiera engendrar. A partir de ese momento mi madre comenzó a frecuentar a un sacerdote, supongo que para pedirle consejo dada su situación. Un día me llamó a su cuarto, estaba en su último mes de embarazo. Armándose de valor me preguntó directamente qué había sucedido el día en que yo le había golpeado, mientras se encontraba inconsciente. No fui capaz de contestarle; pero una madre de verdad conoce a sus hijos, y allí mismo se dio cuenta de todo. A pesar de eso...

A Steve Garrison se le quebró la voz. Levantó su diestra y bajó la cabeza pidiendo al sacerdote que le disculpara un momento. Tomó aire varias veces hasta que se recuperó.

—A pesar de eso, me abrazó llorando y me preguntó: "¿qué haremos ahora?, no podremos decirle nunca que su padre es su propio hermano..."

Ahora fue Antonio quien tomó aire. El rostro que le mostrara Steve Garrison a su llegada al monasterio era el reflejo de la carga moral que arrastraba por la vida, ya no tenía dudas al respecto. Por otro lado, a pesar de todas sus convicciones, de tener plena conciencia de que Dios puede perdonarlo todo y de que la verdad siempre se abre paso, no veía con claridad si era prudente decirle a una persona, fuera un niño, un adolescente o un adulto, que su padre era a la vez su hermano.

Tratando de ganar tiempo, pues en realidad no tenía idea acerca de qué podría sugerirle a un hermano en tales circunstancias y temiendo que pudiera herirlo aún más, hizo una pregunta de la que ya conocía la respuesta.

—¿Quiere usted decirme que la hermana que mencionó al principio es también su hija?
—Sí.

Aquél "sí" estaba cargado de una profunda e inacabable pena; había sido dicho con firmeza, y al mismo tiempo con profundo dolor, con un "no puedo ser su padre, sólo quiero ser su hermano", que resonaba en toda la habitación. Antonio vio ante él a un niño, a la vez adolescente y hombre, en medio de una encrucijada; uno de los caminos estaba cerrado por el fuego; el otro, por una olla de aceite hirviente. Horrorizado, hizo lo único que podía hacer en ese momento. Se levantó, se acercó a Steve, y arrodillándose junto a él, juntó sus manos diciéndole:

—Oremos, hermano, para que El Señor nos de sabiduría.

Steve Garrison se arrodilló. Antonio cerró sus ojos y oró con estas palabras:

—Señor, condúcenos tú, que eres sabio, en medio de nuestra ignorancia; ayúdanos tú, con tu fuerza, a sostenernos en esta hora incierta; no nos dejes en medio de la tormenta sin tu barca salvadora; aparta con tu luz las tinieblas que nos envuelven, y precede nuestros pasos hacia el bien, para que sea tu Gloria nuestra última morada.

Después de unos minutos de silencio y meditación, Antonio se irguió para volver a su sitio. Steve Garrison se mantuvo arrodillado varios minutos más, hasta que finalmente se levantó para sentarse de nuevo.

—Le propongo ir a caminar un rato por el patio grande—dijo Antonio.
—Acepto—contestó Garrison poniéndose de pie.

Sin proponérselo, Antonio parecía haber adivinado lo que quería su amigo. Ambos necesitaban aire puro y darle un poco de libertad a sus cuerpos para aliviar la carga que les agobiaba, sobre todo al penitente. De modo que salieron a caminar por el césped, cubierto ahora por una fina capa de escarcha. La temperatura había bajado bruscamente, lo cual anunciaba una noche muy fría. Durante cinco o seis minutos se dedicaron a sacudir sus piernas para entrar en calor: Era febrero, por lo que faltaba algo más de un mes para el inicio de la primavera.

—Debe ser un lugar muy frío en las noches de invierno—comentó Steve.
—No es un problema; los muros son anchos, tenemos buenas mantas y están preparadas las estufas en varios aposentos y capillas, así como en las dos bibliotecas—explicó el sacerdote.
—¿Qué cree usted, padre, el mundo se volverá más caliente o más frío?—preguntó Garrison.
—Todo indica que más caliente—dijo Antonio—, aunque no sería una novedad en sí, pues este planeta está cambiando constantemente, desde que se formó.

Garrison dio unos pasos más y se detuvo, mirando fijamente al padre Antonio.

—¿Qué debo hacer, padre?

Antonio no tenía preparada una respuesta en ese momento, por tanto, se mantuvo callado, expectante.

—¿Cómo puedo convivir con mi hija, que es mi hermana?, ¿cómo puedo educarla y enseñarle el bien?, ¿cómo podrá entenderme si ella misma es el fruto de una aberración?, ¿cómo podrá perdonarme cuando sepa que mi madre, nuestra madre, murió debido al sufrimiento por un pecado del cual no era responsable?

Antonio continuó en silencio. No tenía las respuestas, sólo podía servir como guía espiritual; pero ¿qué decir en ese momento?

—Esas preguntas me hacen pensar que le dirá toda la verdad—dijo por fin con cautela.
—¿Y qué otra cosa puedo hacer, padre? Se puede disimular el amor por una hermana, más no por una hija, eso es algo que se nota a simple vista. No hay manera de esconder esos sentimientos. Sé que ella lo sabrá un día, lo quiera yo o no.

Continuaron el paseo, cada uno con sus pensamientos, uno ante una encrucijada, tratando de escoger el camino correcto en medio de sus tribulaciones; el otro, orando en silencio y esperando que el Señor abriera la marcha para que su hermano pudiera seguirle y encontrar la paz.

—¿Qué edad tiene ahora ella?—preguntó Antonio.
—Doce años.
—Es una edad difícil—afirmó Antonio.

Comprendía el sacerdote que cualquier decisión que tomara Garrison podría desembocar en un serio conflicto interno, por tratarse de una adolescente, ¿qué hacer? Era la pregunta que se hacía una y otra vez.

—Regresemos a la oficina—propuso Antonio deteniéndose de golpe—; debo decirle algo.

Regresaron muy despacio. Una vez de vuelta y sentados cada uno en su lugar, Antonio tomó la palabra.

—Amigo, siempre he sido partidario de buscar la verdad, de que ésta no quede en la oscuridad. Los hombres acostumbran, alegando distintos motivos, a ocultarla totalmente, a decir una media verdad o tergiversarla. Muchas veces esto obedece a fines mezquinos, que nada tienen que ver con la situación en la que usted se encuentra. Si cree que lo más adecuado es decírselo, hágalo, como ha dicho hace unos momentos, no podrá ocultarla mucho tiempo. Si por la verdad muchas veces nos enfrentamos con la muerte, si su ausencia de nuestras vidas nos hace vivir en tinieblas, no puede ser tan mala que nos veamos obligados a enterrarla, aun cuando sea por unos pocos años, meses, o días. El Señor estará con ambos en el momento en que sea revelada, no tenga miedo de asumir lo que venga después, estoy seguro de que podrá.

A continuación, Antonio buscó su estola, puso su diestra en la frente de Steve, y le dio la absolución.

Steve Garrison se quedó en silencio, con la mirada fija en los mosaicos que formaban el piso de la habitación. Finalmente se puso de pie y le dijo al sacerdote:

—Le diré a mi hija toda la verdad, no sé como lo lograré, pero ella entenderá.

Seguidamente extrajo una pequeña tarjeta de uno de sus bolsillos y se la entregó a Antonio.

—Ahí tiene mi dirección y mi teléfono. Si un día se decide a visitarnos, lo recibiremos con todo el amor del mundo. De igual forma lo mantendré al tanto de lo que suceda.

Steve Garrison se dirigió hacia la puerta, seguido de Antonio. Atravesaron el patio, esta vez con el brazo del sacerdote sobre los hombros de su amigo, que sonrió y correspondió con igual gesto. Luego de estrecharse las manos, el primero se dirigió a su auto, pero antes de abrir la puerta se volvió y dijo:

—Despídame del hermano Bartolomé, padre.

Antonio asintió y después le dijo a manera de despedida:

—Que la paz del Señor te acompañe, hermano.

Capítulo X

LA CASA DEL SILENCIO

Unos días después de la visita del señor Steve Garrison, pasada la hora del desayuno, el hermano Daniel llamó a su despacho al padre Antonio. Su intención era muy clara, y así se lo hizo saber.

—Hermano Antonio, le he mandado a llamar para decirle que puede usted tomarse unas pequeñas vacaciones para ir a visitar a sus familiares.

Antonio levantó las cejas, las estancias en los monasterios solían ser largas. No se asumían los hábitos para estar en contacto frecuente con el mundo, sino para trabajar por el reino de Dios a través de la oración, la meditación, y también como misioneros, quienes eran lo encargados de realizar las obras que eran visibles dentro de la sociedad. Como él ya había participado en diferentes misiones en varios países y se acercaba ya a los sesenta años de edad, consideraba que sus retiros deberían ser mucho más prolongados. No obstante, como tenía varias invitaciones, elaboró mentalmente un programa antes de responder.

—Bueno, tengo más de una invitación de las personas que han venido a verme aquí, a las que me interesa ver en primer lugar, antes de decidirme a cruzar el Atlántico.

—Tiene dos meses para ponerse en contacto con las personas que quiere visitar y preparar su plan, siempre que no sea muy extenso y caro—dijo Daniel.

—No será caro; mi familia puede pagar una parte de los gastos, y los amigos que me han invitado asumirán también la parte económica: pasajes, estancia y alimentación.

—Bien, hermano Antonio, continúe con sus ocupaciones.

Antonio se dirigía a la puerta cuando Daniel lo detuvo.

—Perdone, hermano Antonio, olvidé algo. Esto es una petición para usted—dijo alargándole un pequeño papel doblado en dos.

—Gracias, hermano Daniel—dijo Antonio y guardando el papel en un bolsillo salió del despacho.

Ya en el pasillo, extrajo el papel y lo leyó. Tenía sólo siete palabras: "necesito confesarme, es muy importante para mí". Estaba firmado por P.J. Smith.

Se dirigió entonces a la Secretaría, tocó a la puerta y entró sin esperar a que lo mandaran a pasar. Era algo que siempre hacía por indicación expresa del propio Secretario, el hermano Janic, quien al verlo abrió los brazos y le dijo a manera de saludo:

—Hermano Antonio, le tengo buenas noticias.

—Soy todo oídos, hermano Janic.

—Pronto podrá ir a ver a su familia en América. Sólo necesito su plan de viaje, con las fechas incluidas.

—Gracias hermano—dijo Antonio sonriendo—, pero ya el hermano Daniel le tomó la delantera.

—¡Ah!—exclamó el Secretario—, el hermano Daniel me ha hecho trampas, habíamos quedado en que yo le daría esa noticia.

—Parece que no pudo resistir la tentación—comentó Antonio tomando asiento frente al pequeño escritorio de Janic.

—Bueno, si ya está sobre aviso...

—Vengo por la petición de confesión—interrumpió Antonio—; ¿tiene alguna referencia de esta persona?

Antonio tenía en las manos el pequeño pedazo de papel y se lo mostraba al Secretario. Pero éste movió la cabeza a ambos lados diciendo:

—Solamente puedo decirle que vive en América y que es un profesional, creo que arquitecto o ingeniero, no estoy seguro.

—Y llamará para confirmar la fecha—afirmó Antonio.

—Así es.

—Bien, dígale que lo recibiré el jueves. Hoy es lunes, de modo que podrá tomar el avión y llegar a tiempo—explicó Antonio.

—Por cierto hermano; es la segunda persona que viene desde América para confesarse. Es curioso, ¿verdad?

—Sí, pero no es extraño. La sugerencia, en ambos casos, ha sido de alguien que le conoce bien. Por lo tanto, se trata de hermanos que necesitan de sus servicios—dijo Janic.

—Bien, lo dejo en sus manos—dijo el padre Antonio suspirando y poniéndose de pie para retirarse.

—No olvide preparar su plan de viaje, hermano Antonio—le recordó Janic al ver que el sacerdote se incorporaba.

—Lo tendré en cuenta hermano—, respondió Antonio abriendo la puerta y saliendo al pasillo.

Se fue al patio grande para realizar su caminata de la mañana, así aprovecharía para organizar sus pensamientos antes de volver al despacho.

Tres días después, a las ocho de la mañana, se presentaba en su oficina el señor P.J. Smith, acompañado por uno de sus hermanos de la orden.

—Adelante, tome asiento—dijo Antonio poniéndose de pie.

El señor Smith era un hombre con algo más de seis pies de estatura, pelo dorado y ojos verdes. Vestía un elegante traje negro y zapatos del mismo color. Se adelantó cortésmente y le tendió su mano derecha presentándose.

—Mi nombre es Patrick James Smith.
—Soy el padre Antonio—dijo el sacerdote estrechándole la diestra.

El visitante se mantuvo de pie esperando a que el padre se sentara primero. Quedaba claro para el sacerdote que se trataba de un hombre con buena educación, que no dejaba escapar los pequeños detalles, a pesar de la profunda tristeza que lo embargaba, hecho del cual Antonio pudo percatarse desde el primer momento.

—Bien, hermano Smith, ha realizado usted un largo viaje, espero que sin contratiempos.
—No, no he tenido ninguno—dijo el recién llegado.
—¿Ya ha desayunado?
—No.
—¿Le gustaría acompañarme?
—Con mucho gusto—respondió el señor Smith.

Antonio le precedió hasta la puerta, luego le dejó pasar, y a continuación se dirigieron al refectorio a través de uno de los pasillos interiores. Mientras caminaban, le hizo la pregunta que su hermano Janic no había respondido.

—¿Cuál es su profesión, amigo Patrick?
—Soy arquitecto.
—Supongo que tendrá mucho trabajo—comentó Antonio.
—No en estos momentos. Acepto sólo los trabajos que no me alejen de mi casa.
—Es un buen motivo—alegó el sacerdote.
—¿Una familia numerosa?—preguntó de nuevo Antonio.

Siguió un breve silencio.

—La tuve.

En el momento en que arribaban al refectorio, salía de la cocina el hermano Bartolomé; él y Patrick James Smith intercambiaron una larga mirada, la del primero transmitía compasión; la del segundo, tristeza. Ocuparon una de las mesas que se encontraban libres. Luego que Antonio tomó asiento su acompañante hizo lo mismo. Segundos después se presentó el novicio Julián para atenderlos.

—Buen día hermanos, ¿en qué puedo servirles?
—Buen día—respondieron Antonio y Patrick.
—¿Qué tenemos hoy?—preguntó el sacerdote.
—Jugos de naranjas y de manzanas, tostadas con mantequilla, té.
—Para mí una taza de té y las tostadas con mantequilla—dijo Antonio.
—Un jugo de naranjas y tostadas con mantequilla—dijo Patrick.

El novicio Julián se retiró a la cocina. Un minuto después, regresaba portando una bandeja con todo lo pedido y dos servilletas. Patrick esperó a que el sacerdote bendijera los alimentos antes de tomar su jugo. Antonio tomó una tostada mientras esperaba a que el té perdiera un poco de calor. Su invitado sólo comió dos tostadas y dio por terminado su desayuno; el padre aún tomaba su infusión.

—¿Desea otro jugo?—le preguntó Antonio.
—No, gracias—respondió Patrick—, no es bueno excederse con los cítricos en las mañanas.

Hubo otra pausa, en la que el padre Antonio bebió dos sorbos de té y probó su tercera tostada.

—¿Qué edad tiene?—preguntó Antonio.
—Cuarenta y un años.

El padre Antonio bebió un último sorbo de té y tomó la servilleta, indicando que había terminado. Rápidamente se acercó Julián para preguntarles si querían algo más. Ambos comensales se miraron antes de responder.

—Estamos satisfechos—respondió Antonio.

Regresaron por el mismo camino a la oficina. Antonio no propuso una caminata esta vez, prefería escuchar de inmediato lo que tuviera que decir su amigo Patrick, y quizás, en algún momento más propicio, invitarlo a dar un paseo por el patio grande.

Una vez sentados frente a frente, el padre Antonio fue al grano.

—Bien hermano Patrick, tengo por costumbre escuchar las confesiones en este lugar. Podemos interrumpirla si lo consideramos necesario, salir al patio o recorrer el monasterio; incluso puede usted comenzar hoy y terminar mañana u otro día. En fin, existen pocas formalidades, de manera que si usted ya está dispuesto a comenzar, puede hacerlo.
—Estoy de acuerdo—dijo Patrick—aunque no sé por dónde comenzar exactamente.
—Puede empezar por decirme cómo es su familia, dónde estudió, si tenía amigos en la escuela...

Patrick James Smith hizo un gesto de asentimiento con la cabeza indicando que le parecía bien.

—Soy oriundo del este del Canadá, nací en un pequeño pueblo costero. Mis padres y mis abuelos provienen de Escocia e Inglaterra. Éramos cuatro hermanos, una hembra y tres varones. Tuve muy buenos amigos en la primaria y en la escuela superior. Obtuve una beca para estudiar en una de las mejores universidades de Estados Unidos, donde conocí a la que sería mi esposa.
—¿Hermosa?—preguntó Antonio.
—Bueno, para mí ha sido la mujer más hermosa que he conocido—dijo Patrick.
—Quiere decir que era hermosa en cuerpo y alma—comentó Antonio.

—Exacto.

Patrick James suspiró antes de continuar, y el padre Antonio no pasó por alto un detalle: a la frase "era hermosa" no siguió la aclaración: "es hermosa".

—Nos casamos después que realicé mi primer trabajo importante. Asistieron todos mis hermanos, mis padres, mis tíos y primos, también su familia, claro. Nos fuimos a vivir a Chicago, luego a Boston, y finalmente a Filadelfia. Allí obtuve un buen contrato de trabajo que me permitió comprar un terreno en el cual edifiqué una casa que diseñé yo mismo, teniendo en cuenta nuestros gustos.
—Me imagino que será una casa magnífica—afirmó Antonio.

Patrick James extrajo de su saco una fotografía que mostró al sacerdote, quien la tomó en sus manos para examinarla de cerca. Pudo comprobar que su arquitectura era exquisita, a pesar de que él no tenía conocimientos en la materia. Todo indicaba que debía ser una casa muy cómoda, preparada para una familia grande. Antonio devolvió la foto y esperó a que su amigo continuara el relato.

—Tuvimos tres hijos...

Patrick James se detuvo y miró hacia la pared de su izquierda. Apretaba sus mandíbulas y estaba pálido. Antonio lo comprendió entonces, mas no pronunció palabra y esperó.

—Mi padre murió cuando nació James, nuestro segundo hijo. Fue muy duro para todos, en especial para mi madre. Ellos se conocían desde niños y se casaron muy jóvenes; se amaban. Cinco años después ella también murió.

Sobrevino de nuevo el silencio. Notaba el sacerdote que su interlocutor quería demorar alguna parte de la historia que parecía oprimirle el pecho. Sin embargo, por su propio bien era importante que desahogara las penas que lo embargaban, que suponía eran muy hondas.

—El día del sepelio de mi madre, no quise que mis hijos fueran al cementerio, sus relaciones eran especiales, sobre todo después que murió mi padre, pues ella vino a vivir con nosotros. Yo no quería que tuvieran esos momentos en su memoria. Mi esposa decidió ir a visitar a una de sus hermanas y los llevó a todos. Hubo un accidente...

Patrick James detuvo otra vez su relato. Tenía la mirada triste, dirigida hacia un lugar distante, donde su alma había quedado detenida años atrás.

—¿Ellos murieron?—preguntó Antonio.
—Sí. Los médicos no pudieron hacer nada; uno de mis hijos luchó varias horas, pero no sobrevivió.
—¿Cuándo sucedió?
—Hace cuatro años.
—Lo siento. Ese es un golpe muy duro.
—Fue muy triste—dijo Patrick con voz casi inaudible.

El padre Antonio guardó un silencio respetuoso ante el drama vivido por aquel hombre, que al parecer, lo soportaba con mucho valor hasta el momento.

Antonio consideró que ya era conveniente que recorrieran el monasterio, o quizás sus alrededores, con unos paisajes impresionantes. Creía que Patrick vivía en una especie de jaula del tiempo desde el momento en que perdió a su familia, lo que sucedía con muchas personas en situaciones similares a la suya. Sin embargo; había algo más que no encajaba en su historia: si su reloj se había detenido cuatro años atrás, si vivía alimentándose de sus recuerdos felices, ¿cuál era su pecado? Cierto era que debía cambiar su estilo de vida, pues su salud mental podría verse afectada; mas que le habría hecho cruzar el océano y buscar aquel recóndito lugar alejado de la civilización? No parecía ser un hombre abrumado por una vida pecaminosa.

—Amigo Patrick, le propongo ir a dar una caminata por los alrededores. Ya estamos a mitad de la mañana y el sol impedirá que nos congelemos.
—Lo acompañaré con gusto—dijo el señor Smith.

Atravesaron el patio grande y salieron al exterior. Se desplazaron alrededor del elevado muro hasta uno de sus ángulos y subieron una pequeña y suave pendiente desde la que se podía ver parte del interior del monasterio y casi toda la edificación, así como la extensa llanura que descendía hacia el mar, a unos diez kilómetros de distancia.

—Usted es arquitecto, ¿qué le parece?—preguntó Antonio.

Patrick tomó una vista panorámica de todo el lugar para luego concentrarse en la elevada construcción. Sólo entonces dio su valoración.

—Se encuentra en el mismo lugar que yo hubiese escogido, de habérseme encomendado a mí el trabajo. Como todos los edificios de su época, la Alta Edad Media a juzgar por su estilo, es muy sólido y tiene todos los ingredientes imprescindibles: cimientos en la roca, muros anchos con muy buena simetría, espacios amplios que permiten la entrada de los rayos solares, un elevado campanario con buena visibilidad; y por lo que he podido ver en su interior, buena madera y carpintería.
—Muy buen resumen—admitió el padre Antonio.
—Sólo falta el agua—dijo Patrick dando otro vistazo a los alrededores.
—Había una fuente antiguamente, en uno de los patios interiores y fue una de las causas de que lo edificaran aquí. Existe también

un pequeño arroyo del otro lado; ahora está casi seco, pero sus aguas son potables y aún hoy las usamos para beber.

—Entonces no han cambiado mucho las cosas por aquí—comentó Patrick mirándolo significativamente.

—Al menos, en lugares como éste el hombre puede sentirse más cerca de Dios o con más disposición para estarlo,

—¿Es de los que piensan que la civilización nos aleja del Señor?

—No exactamente—replicó Antonio—, son algunas cosas que trae ella las que hacen que muchos hombres crean que no necesitan a Dios, o que a veces ni siquiera tengan tiempo para pensar en ello.

El sacerdote reinició la marcha, siguiendo la línea del muro y en dirección a la llanura. La pendiente tenía muy poca inclinación, por lo que el descenso era muy cómodo y acompañado además por una agradable brisa proveniente del mar. La temperatura, aunque fría, era soportable gracias al sol que brillaba en un límpido cielo azul celeste. Patrick lo acompañaba sin premura, disfrutando al parecer del magnífico paisaje. A pesar de todo eso, no lo abandonaba la tristeza, retratada en su rostro como si todo en él dependiera de ese sentimiento tan profundamente arraigado en su personalidad.

—¿Qué podemos hacer los que hemos perdido todo para no alejarnos de Él?

Era una pregunta muy concreta, directa, que tenía que ver con su drama personal; y por supuesto, difícil de responder como no fuera por una persona con experiencia en el mundo y en la fe.

—Todavía tiene a sus hermanos, ¿es así?

—Sí.

—¿Pasa algún tiempo con ellos?, me refiero a fines de semana, vacaciones.

—No, ellos me visitan, a veces. Tienen sus propios problemas.

—¿Amigos?—preguntó el sacerdote.

—Me invitan muchas veces...

La respuesta quedó inconclusa; pero Antonio conocía ya el por qué: Patrick no solía visitar a nadie, su mundo se había reducido a una casa silenciosa, habitada sólo por él, por las fotos de su esposa e hijos y quizás por algún video filmado en tiempos en los que la felicidad la colmaba haciendo de ella un pequeño paraíso terrenal.

—Pero usted prefiere quedarse en la casa—concluyó Antonio.
—Sí.
—¿Por qué?, nada los hará volver a la vida. Eso es algo que debe saber bien. Es una persona instruida y que proviene seguramente de una familia religiosa, así que conoce que la muerte es irremediable.
—En mi mente lo comprendo, pero no en mi corazón—dijo Patrick.
—Nadie puede recriminarlo por amar a su esposa y a sus hijos—dijo Antonio—; el dolor por la pérdida es inevitable, y hasta saludables la pena y el llanto. Sin embargo, debe existir un límite, ¿no cree?

Patrick no se apuró en contestar, continuaba caminando con los brazos a la espalda observando aparentemente distraído tanto el pasto que pisaban como el imponente edificio que se alzaba a su derecha, a la sombra de cuyo campanario se hallaban en ese instante.

—Lo sé—respondió al fin Patrick—, y también sé que ya sobrepasé dicho límite. El hacerlo me ha llevado a un punto del cual, si no regreso ahora, no podré lograrlo después.

Comenzaba a desenredarse el hilo conductor de aquella historia. Lo que seguía a continuación era lo que había hecho que Patrick sobrevolara el Atlántico y media Europa para verle. Considerando que el asunto era muy delicado, el padre Antonio no hizo más preguntas por el momento. Llegaron al ángulo donde se unían el muro cerca del cual caminaban en forma paralela y el que protegía el monasterio por el fondo. La brisa corría más fuerte allí.

—Cuando llega el verano, la vista es mucho más hermosa—dijo Antonio señalando hacia la llanura que se extendía frente a ellos—; sobre todo en los amaneceres y en los crepúsculos.

Patrick fijó su mirada donde la llanura se unía con el mar, manteniéndola allá por más de dos minutos. El sacerdote también observaba el paisaje, deleitándose con el mismo, y de vez en vez observaba el rostro de su amigo, esperando alguna señal que le dijera que la luz comenzaba a abrirse paso a través de las sombras de aquella casa convertida en una dulce y peligrosa prisión. Luego de varios minutos absorto en sus pensamientos, Patrick James se volvió para decirle:

—Discúlpeme, padre. Por unos momentos me olvidé de la realidad.
—No esté preocupado, lo entiendo.
—Recordaba esos atardeceres en mi casa, con mi familia.
—¿No los ha esperado más en estos cuatro años?

No era la pregunta que quería hacerle, pero fue la que salió de sus labios de forma imprevista sin que pudiera retenerla. Patrick lo envolvió en una misteriosa mirada que dejaba ver que el dolor por la pérdida lo había llevado hacia un mundo diferente de la realidad, y el sacerdote olfateó el peligro.

Antonio mantuvo su paso, ahora en dirección a la puerta ubicada en el fondo del monasterio. Avanzaron en silencio varios metros; cuando ya se encontraban más allá de dicha puerta, la misma fue abierta desde dentro y al volverse vieron al hermano Bartolomé. No traía en las manos una bandeja con el té, como otras veces, sino una especie de tejido, camisa o tabardo, de color blanco. Cuando llegó ante ellos se inclinó levemente y lo desenvolvió, era una capa o manto, que colocó sobre los hombros de Patrick, quien lo miraba con asombro. Luego se arrodilló ante el padre Antonio, que no se hizo esperar para darle la bendición. Cerrada la puerta tras el santo monje, el sacerdote miró a su amigo, quien se había quedado mirando hacia el muro, sin encontrar una explicación para aquel gesto tan peculiar.

—¿Asombrado?—preguntó Antonio.
—Sí.
—Yo también—dijo el sacerdote.
—¿Tiene idea de por qué lo hizo?
—Ninguna—respondió Antonio—, pero pensaremos un poco, después que me diga qué sucede realmente en su casa y por qué se mantiene atado a ella de esa forma.

Patrick James buscó un lugar donde sentarse a descansar; de pronto se sentía muy agotado, como si se le fueran a doblar las rodillas bajo un enorme peso. Se dirigió hacia una piedra de regular tamaño y que servía para esos fines. Hasta allí lo siguió el padre Antonio, temeroso de que fuera a desplomarse. Cuando se detuvo frente a él, su amigo, sentado ya, tenía la cabeza entre las manos y la vista fija en la hierba sobre la que vertía sus lágrimas. Hubo un largo silencio, luego comenzó la verdadera confesión.

—Cuando mi familia murió, me encerré en mí mismo. No salía de la casa. Me dieron tres meses libres en el trabajo, con la garantía de que mi contrato no se cancelaría. Mi hermana Emily me acompañó durante una semana; no quería dejarme solo, pero tenía también obligaciones con su propia familia y yo no quise acompañarla. Mi mundo estaba allí, en una casa diseñada y edificada por mí para ver crecer a mis hijos. Era mi paraíso y me lo habían arrancado de las manos.

Hubo una pausa en la que Patrick James tomó una bocanada de aire y secó su rostro con el manto que le regalara Bartolomé. Antonio se mantenía de pie ante su amigo atento a todas sus palabras, esperando pacientemente a que toda la historia viera la luz.

—Vivía los días, las semanas y los meses haciéndole al Señor la misma pregunta: ¿por qué lo había permitido? Era algo que no alcanzaba a comprender, ni quería aceptar. Algunos amigos me visitaron tratando de hacerme volver a la realidad, también mis hermanos. Hasta localizaron un psicólogo para que me ayudara, pero luego de varios intentos de ponerse en contacto conmigo, desistió. Su conclusión era que dependía de mí. Me volví un hombre silencioso y solitario; se canceló mi contrato de trabajo ante mi actitud, y rechacé otras propuestas. Viví, y aún lo hago, gracias a mis ahorros. Luego sobrevino algo que me convirtió en alguien extraño, que ya no aspiraba a las cosas de este mundo.

Patrick James miró al padre Antonio antes de continuar su relato, quizás observando las reacciones de su semblante. El sacerdote se mantenía sereno, a la espera del desenlace.

—En las noches comencé a ver a mis hijos y a mi esposa caminando por el interior de la casa; los veía tan reales que esperaba cada puesta del sol con ansiedad, pues era en la oscuridad donde los encontraba y en ella quería estar. No encendía las luces, conozco cada palmo de mi casa y no deseaba molestarlos, pues temía que desaparecieran otra vez. Me aferré a la oscuridad como único recurso para retener a mi familia. Nadie conocía de mi secreto, así que para guardarlo con mayor seguridad, solamente salía una o dos veces en el mes para adquirir lo imprescindible para mi subsistencia.

Hubo otra pausa, que Antonio aprovechó para hacerle una pregunta que consideraba importante:

—¿Y sus hermanos, no lo visitaban, no vieron algo sospechoso en su comportamiento?
—Lo disimulaba muy bien. Llegué a mentirles diciéndoles que ya tenía un nuevo contrato de trabajo; con ello justifiqué el que no los visitara, ocultándoles la verdad: que no quería estar una noche fuera de mi casa. Dos años después del accidente en el que murieron mis hijos y mi esposa, en una noche tibia en la que esperaba, como siempre, verlos, vino a mí un ser con rostro de

ángel, que tomándome de la mano me dijo: "ven con nosotros, ya no tendrás que esperarlos, estarán juntos por siempre". Luego me transportaba por las nubes hasta un lugar en el que todo era alegría, amistad, amor, y allí se encontraban mis seres queridos, incluidos mis padres. ¿Qué otra cosa podría desear? Mi felicidad fue completa a partir de ese momento.

Patrick James se detuvo un instante para besar su manto blanco. Antonio no se movía, pero no pasó desapercibido aquel gesto. Podía parecer un gesto insignificante para otro que no fuera el padre Antonio, con una capacidad poco común para entender, al vuelo, cualquier señal; y aquélla le decía que un manto blanco sobre traje oscuro invitaba a buscar la luz, a enterrar las tinieblas. Si la capa entregada por Bartolomé tenía ese poder, o sólo constituía un símbolo, no lo sabía aún; pero no lo dudaba viniendo de un hermano al que veía muy cerca del Señor.

—Todas las noches que siguieron daba aquel maravilloso viaje: Perdí la noción del tiempo. Solamente reaccionaba ante las necesidades imperiosas de mi naturaleza humana. Un día, aquél ángel se acercó y me llevó a un lugar distinto. Se detuvo al borde de un abismo, luego lo sobrevoló para colocarse del otro lado, y finalmente me tendió la mano para decirme: "todo lo que te he mostrado lo puedes conseguir ahora, sólo tienes que dar un paso adelante, yo te apoyaré". Maravillado por todo lo que había visto y ansiando tener mi paraíso para siempre, di el paso. Sin embargo, en ese instante algo luminoso que centelleó frente a mí rechazó a aquel ser hacia la oscuridad y me encontré con un hombre uniformado, que se encontraba arrodillado junto a mí en el portal de mi casa. Era el Sheriff del condado, quien sacudiéndome por los hombros me preguntó al verme abrir los ojos: "Señor Smith, ¿se encuentra bien?". No pude responderle, de modo que me trasladó al hospital más cercano. Los médicos dijeron que había estado sin ingerir alimentos al menos tres días.

—¿Cómo lo supo el Sheriff?—preguntó Antonio interesado.

—Estuve dos días en el hospital. El Sheriff me visitó dos veces, y en una de esas visitas me dijo: "tienes buenos amigos, que a la vez son mis amigos, y al ver que no respondías el teléfono, me llamaron para que investigara, puedes considerarte un tipo con mucha suerte, así que espero que lo tengas en cuenta porque me debes una, ¿de acuerdo?". El mismo me llevó hasta mi casa cuando me dieron alta en el hospital, y me visitaba cada vez que podía. Mi hermana se instaló en mi casa con su propia familia. No tuve opciones. Ella me dijo con la misma autoridad que lo podía haber dicho nuestra madre: "no dejaré que sigas arruinando tu vida por ese egoísmo; ellos eran mis sobrinos y ella una de mis mejores amigas, ¿crees que no me duele?; no tienes derecho a morirte porque aún hay muchas personas que te quieren; ahora mismo vamos a cambiar las cosas, lo quieras o no".

—Gracias a Dios que ella tomó el mando de la situación—comentó Antonio ya más tranquilo.
—Yo también lo creo así—dijo Patrick, y volvió a besar su manto.
—¿Qué sucedió después?—preguntó Antonio.
—Lo dicho por Emily fue en presencia del Sheriff, quien sólo agregó: "no puedes negarte amigo, todos la apoyaremos".

Antonio sonrió, comenzaba a sentirse menos tenso, y Patrick le dijo:

—Puede reírse. El Sheriff apoyó sus palabras abriendo mucho los ojos y mostrándome su enorme puño. Fue la primera vez que reí después de cuatro años, y también la primera vez que lloré.

Antonio lo pensó unos momentos antes de hacerle la pregunta que tenía en mente, pues su amigo, era su apreciación, parecía haber salido de la oscuridad en la que estaba sumido.

—¿Ha vuelto a ver a ese ser al borde del abismo?
—No, pero ahora le temo a las noches—admitió Patrick.

—No le tema—dijo Antonio mirándolo a fondo—, ahora tiene el manto sobre sus hombros.

Patrick James le devolvió la misma mirada antes de preguntarle a su vez:

—Sí, este manto—dijo acariciándolo suavemente—, ¿quién es ese hombre que me lo entregó?, lo vi en la cocina; él me miró..., como si viera mis sufrimientos y los hubiera vivido también.
—Es un monje, se llama Bartolomé.
—Esa respuesta no me satisface—objetó Patrick.
—Lo sé—admitió Antonio—, bueno, trataré de explicárselo mejor: es un hermano muy especial para nosotros, tiene la gracia de poderse comunicar con todos sin hablar, pues ha hecho votos de silencio, y de ver las penas dentro de cada una de las personas que le conocen, en especial de los que han pasado por situaciones muy difíciles. También puede, con un ligero contacto, despojarte de ellas; ¿cómo lo hace?, solamente Dios lo sabe. El hecho cierto es que tiene un don, o quizás varios a juzgar por lo que puede lograr con sólo mirarte; ¿cómo sabe qué hacer en cada ocasión? Es un misterio. A veces sólo se limita a tomar las manos del penitente y llevarlas hasta su pecho; otras veces lo abraza y punto.
—¿Por qué un manto para mí?

Antonio levantó las cejas y encogió los hombros. Después dijo:

—No lo sé con certeza; pero veamos: lo que usted me acaba de contar significa que estuvo a un paso de la muerte, que fue visitado varias veces por el "ángel provocador", o el "ángel rebelde", ¿lo entiende?

Patrick James asintió con un gesto.

—Su dolor fue utilizado por él para llevarlo al mundo de las sombras. Esa es su manera de actuar. Aprovecha nuestras debilidades. Ese manto, fíjese en el color, nada tiene que ver con la oscuridad. Puede que solamente sea un símbolo de lo que usted debe ser a partir de ahora; pero yo lo tendría siempre cerca de mí.

—Gracias por la sugerencia—dijo Patrick.

Allí mismo, el sacerdote se acercó a su amigo y colocando su diestra sobre la frente del mismo, pronunció las palabras rituales para absolverlo de sus pecados, que no eran otros que dejarse arrastrar al mundo de las sombras por las tentaciones del maligno, y haber estado a punto del suicidio.

—Bien hermano—dijo Antonio sonriendo—, ¿ya se siente con fuerzas para caminar?

—Eso creo—contestó el aludido incorporándose.

—Entonces terminemos nuestro paseo; le aseguro que el otro lado tiene también una vista magnífica.

El padre había señalado a la parte este del monasterio, hacia la que se dirigió sin más preámbulo. Patrick se puso a su lado. Su paso era más ligero y seguro; en su semblante se notaba una mejor disposición para ir hacia delante en todos los sentidos. El sacerdote respiraba aliviado y daba gracias al Señor por la presencia de Bartolomé en aquel aislado lugar. Al llegar al otro ángulo que formaban el muro que miraba al este y el del fondo, tuvieron ante sí unas pequeñas colinas que se alzaban a menos de un kilómetro de distancia; a pesar de que habían sufrido el otoño y el invierno, ofrecían una vista excepcional.

—En primavera y en verano parecen un cuadro natural dibujado por el mejor de los pintores—, dijo Antonio—, hemos caminado hasta esas colinas para admirar el paisaje que se puede ver desde ellas, en el que se incluye nuestro monasterio, por supuesto.

—Los envidio—dijo Patrick sonriendo.

—Pues no nos envidie—replicó Antonio tomándole por el brazo y dirigiéndose hacia aquellas alturas—, disfrútelo usted mismo.

Se dirigieron con buen paso hacia las colinas, a las cuales llegaron en menos de quince minutos, gracias a que el terreno allí era perfectamente plano. Subieron a la que tenían frente a ellos, con no más de veinte metros de altura, y se volvieron hacia el monasterio, que iluminado en ese momento por el astro rey, mostraba toda su imponente estructura, en la que prácticamente no se notaba el paso de los siglos.

Mientras disfrutaban de las maravillosas vistas, se sentaron a descansar sobre unas rocas.

—Seguramente usted estuvo aquí antes de venir definitivamente—comentó Patrick.

—Nada de eso—negó el sacerdote.

—¿Cómo logró que lo trajeran a este paraíso?—preguntó entonces Patrick.

—Me destinaron aquí después de pasar muchos años de misionero en distintos países. Disfrute los paraísos terrenales, pero esté bien atento amigo—respondió Antonio mirándolo directamente a los ojos.

—Lo he comprendido bien—aseguró Patrick—; no sé si será este manto o todo lo que usted me ha dicho, pero lo he comprendido.

Antonio soltó una pequeña carcajada antes de entrar en otros detalles que le interesaban.

—¿Cree que el manto de Elías tenía algún poder?—preguntó a continuación.

—No lo sé; pero al menos impresionaba a muchos—respondió Patrick.

—Era una simple piel de camello—explicó Antonio—, más a través de ella pasaba el poder del espíritu de Dios, ese poder era el que separaba las aguas del Jordán para que cruzara el profeta. Lo mismo sucedió en Egipto cuando los hebreos escaparon del faraón; la vara de Moisés era más bien un símbolo de la fuerza divina.

—Ese manto—continuó el sacerdote—, es una señal, un recordatorio al "ángel rebelde", para que no se le vuelva a acercar. El estuvo a punto de llevarlo hacia ese abismo que le mostró; pero ya sufrió su primera derrota, gracias a esa luz que le cegó y lo rechazó. Esa luz, llegó a través de sus amigos interesados por su salud, de su hermana, de ese Sheriff que fue a buscarle a su casa; ellos no son ángeles del Señor, sino los instrumentos de su amor infinito. Mas tenga cuidado, no se confíe, ese ser oscuro es un cazador muy hábil, siempre está al acecho en espera de una oportunidad. Por tanto, debe usted tomar una determinación; sólo así podrá corresponder al amor de esos que le ayudaron y honrará la memoria de sus seres queridos.

Patrick James se aseguró el manto sobre los hombros; no lo hizo con una intención determinada, sino más bien instintivamente. Entendía lo esencial en las palabras del sacerdote: su egoísmo le había hecho caer; el amor del Señor lo había hecho levantarse. Ahora debía cambiar por el amor, por ese amor que le había salvado; por sus amigos y hermanos; por sus hijos y su esposa.

—Bien, creo que podemos regresar, ya casi es la hora del almuerzo—dijo Antonio levantándose.
—Confieso que estoy hambriento—dijo Patrick incorporándose.
—Es un buen indicio de que la caminata ha sido útil—comentó Antonio.
—Ha sido útil por muchas razones—aclaró Patrick.

Bajaron la colina y se dirigieron, siguiendo una línea oblicua, hacia la parte frontal del edificio. Patrick respiraba a sus anchas; Antonio, muy aliviado.

—Hacía mucho tiempo que no estiraba tanto mis piernas—dijo Patrick.
—¿Cansado?—preguntó el padre.
—No. Tomaré como regla realizar una caminata diaria, aunque sea corta—respondió Patrick.

—A mí me ayuda mucho—dijo Antonio—. Me permite organizar las ideas, hacer planes, y es bueno para la salud.

En menos de diez minutos recorrieron la distancia que los separaba del muro exterior que cerraba el monasterio por su frente. Patrick James se dirigió no hacia la puerta de entrada, sino hacia un automóvil parqueado bajo unos frondosos árboles, y en el que Antonio no había reparado hasta ese momento. Había una persona sentada dentro del mismo.

—Venga, padre Antonio, quiero que conozca a una persona—le dijo Patrick pasando su brazo derecho sobre los hombros del sacerdote.

Mientras se acercaban, un hombre salió del auto. Era muy alto y vestía un traje gris muy elegante. Su rostro tenía cierto parecido al de Patrick, aunque ya frisaba los cincuenta.

—Este es mi hermano Jack—dijo Patrick al llegar junto a él.
—Mucho gusto—dijo Jack tendiendo la diestra.
—El gusto es mío—dijo Antonio respondiendo al saludo y sin esconder su sorpresa.
—Mis hermanos determinaron que no debía venir solo—explicó Patrick sonriendo—; y por ser Jack el mayor de todos, le correspondió acompañarme.
—Bueno—dijo Antonio mirando a Jack muy serio—, si come de acuerdo con su tamaño tendré que avisar al cocinero, algunos de mis hermanos podrían quedarse sin almuerzo.

Los hermanos rieron al ver la chispa de humor en los ojos del sacerdote, y Jack se apresuró a decir:

—No se preocupe, traje almuerzo para los dos.
—Olvídelo—dijo Antonio tomando a ambos por los brazos y empujándolos hacia el monasterio—, aquí la comida es más

saludable. Eso que trajeron pueden merendárselo en el camino de regreso. No hay hospederías ni moteles cercanos.

La enorme puerta se abrió desde dentro a los reclamos de Antonio y los tres pasaron al interior, luego atravesaron el patio grande para dirigirse a la cocina y de ahí pasaron al refectorio. No se encontraron con Bartolomé. En el instante en que tomaban asiento comenzaron a tocar las campanas llamando a los hermanos para el almuerzo.

—Justo a tiempo—dijo Antonio riendo.

En ese mismo instante llegaba también el hermano Iván, quien se acercó a su mesa para saludarles.

—Buen día hermanos, que la paz sea con ustedes—dijo inclinándose.
—¿Puedo sentarme?—preguntó a continuación tomando asiento sin esperar respuesta.
—Hoy te tomé la delantera—le dijo Antonio sonriendo.
—No será por mucho tiempo. No todos los días va a tener un invitado de los Toros de Chicago—replicó Iván con su índice dirigido a Jack.
—El es el hermano Iván—dijo el padre Antonio señalándolo— siempre está muy serio como pueden ver.
—Jack—dijo el mayor de los Smith.
—Patrick James—dijo su hermano inclinándose ligeramente.
—Ellos son americanos—dijo el monje mirando al hermano Antonio.
—¿Por qué no ingleses?—preguntó Antonio.
—No. Los ingleses son muy estirados—comentó Iván enderezándose a propósito—, además, éstos no huelen como los europeos.
—Yo también soy de América—objetó Antonio—, y la primera vez que nos vimos me confundiste con un senegalés, luego con un español, y finalmente con un australiano.

—Bueno...—Iván movió la cabeza e hizo una mueca con sus labios—, nunca he sido bueno en Geografía, y estaba acatarrado por aquellos días, así que mi olfato estaba afectado.
—Le creo—dijo Antonio.

En ese momento llegaron otros hermanos y comenzaron a ocupar el resto de las mesas.

—Con su permiso hermanos—dijo Iván disculpándose—, debo acompañar al hermano Lucio, hace ya cinco minutos que no le tomo el pelo.

Al ver que Iván se levantaba y se dirigía a su mesa, el hermano Lucio se cubrió la cara con ambas manos; pero después sonrió indicándole una de las sillas a su lado.

Se presentó entonces el novicio Julián, con su bandeja y un paño blanco colgado del brazo.

—Que la paz sea con ustedes, hermanos—dijo inclinándose.
—¿Qué tenemos para hoy?—preguntó el sacerdote.
—Pescado asado, con patatas y zanahorias, ensalada de coles y pimientos, potaje de judías, pan. Como aperitivos hay jugos de naranjas, manzanas y albaricoques.
—¿Algún postre?
—Mermelada de frambuesas y ciruelas, con queso.
—Para mí, jugo de manzanas como aperitivo—dijo Antonio.
—Dos jugos de naranjas para nosotros—dijo Jack.
—Yo comeré el pescado con las patatas—dijo Antonio—, la ensalada y el postre que mencionó.
—¿Y para ustedes?—preguntó Julián mirando a los visitantes.
—A mí puede servirme el menú completo—dijo Jack—, no perderé la oportunidad de saborear lo que cocinan en este lugar.
—Yo comeré de todo, menos las judías—dijo Patrick.

El novicio Julián desapareció tras la puerta de la cocina; pero regresó en menos de un minuto, con los jugos y una cesta pequeña, que contenía unos panecillos redondos. De allí, pasó a otra mesa; pero antes, el padre Antonio le hizo una seña por debajo de la mesa. Luego de recoger los pedidos en varias mesas, regresó y tomó los vasos vacíos que habían dejado Antonio y sus invitados. Dos minutos después, ya regresaba con el almuerzo en una bandeja más grande. El plato de Jack estaba mucho más cargado que los otros dos, lo que no pasó inadvertido para Iván, quien se acercó y volvió a sentarse en la silla que se encontraba vacía.

—Hermano Antonio—dijo bajando la voz, ¿no quedó otra seña guardada en su manga para mí?
—¿Me estás espiando?—preguntó Antonio en el mismo tono.
—No exactamente; pero usted sabe que cuando se trata de comida siempre estoy alerta.
—Eso se llama gula—dijo Antonio en tono aún más bajo.
—No puedo evitarlo, es mi naturaleza, soy ruso—explicó Iván.
—No culpe a sus compatriotas—replicó Antonio muy serio—debería confesarse, ¿sabe?
—Siempre lo hago, después del almuerzo y de la comida—aclaró el monje.
—Veré qué puedo hacer por usted—dijo Antonio a punto de soltar la carcajada.

Patrick y su hermano reían abiertamente. Iván levantó su índice y abrió mucho los ojos diciendo:

—Eso equivale a una promesa.

Acto seguido se levantó para retirarse, pero no sin antes inclinarse hacia Patrick para decirle:

—Linda capa, ¿siempre la lleva consigo?
—Me la regaló el hermano Bartolomé.

—¡Ah!—exclamó el monje levantando su cabeza—, entonces estoy seguro de que si se encuentra un río en su camino, sólo tendrá que sacudirla sobre las aguas para pasar por lo seco.

Se inclinó nuevamente y se retiró a su mesa. Al sentarse, se volvió hacia el padre Antonio levantando su dedo índice otra vez para llevárselo a la sien. El sacerdote asintió al tiempo que buscaba con la mirada al novicio Julián; cuando lo localizó le hizo señas de que se acercara, pero éste le hizo un gesto con su mano diciéndole que en un minuto regresaría. Luego entró en la cocina, y casi al minuto salió llevando el almuerzo para la mesa donde se encontraba Iván, pasando primero por la de Antonio y sus invitados.

—¿Puedes doblar la ración de judías para el hermano Iván?
—Claro, no se preocupe—dijo Julián—; además, llevo para él un pan muy especial.

Julián le mostró una parte destapando un paño. El pan se veía brillante, como si estuviera acabado de hacer.

—¿Qué tiene?—preguntó Antonio bajando la voz.
—Una semana—contestó el novicio guiñándole un ojo.
—¡Qué bien!—dijo el sacerdote moviendo la cabeza.

Jack sonreía mientras observaba la escena. Luego de dudarlo por un instante, preguntó:

—¿Se gastan esas bromas aquí?
—No queda otro remedio con el hermano Iván; y por otro lado, él se siente a gusto en ese medio, "como el pez en el agua"—comentó Antonio.

Unos minutos después, se escucharon risas, al intentar el hermano Iván morder el pan para acompañar a las judías, dejando las huellas de su dentadura en la petrificada harina de trigo.

Después del gracioso incidente, todo transcurrió normalmente. Finalizado el almuerzo, el padre Antonio acompañó a Patrick y a su hermano Jack hasta la puerta de entrada. Allí se despidieron con un estrechón de manos.

—Nunca olvidaré este día, ni su significado para mí. Que Dios lo guarde, padre Antonio—le dijo Patrick.
—Que el señor los acompañe—les dijo Antonio.

Cuando el auto en que viajaban desapareció de su vista, el padre Antonio regresó a su despacho con la sensación de que la oscuridad que había rondado a su alrededor durante aquellas horas ya no estaba.

Capítulo XI

LA BÚSQUEDA

Una semana después de la confesión de Patrick James, el padre Antonio recibió una misiva de Anastasia. Tenía sólo unas pocas líneas que finalizaban diciendo así: "ya inicié el tratamiento, gracias a Robert Warner, él es una gran persona. Todos los médicos de su equipo están convencidos de que superaré esta prueba. Lo mantendré informado".

Poco después recibió otra carta, ésta era de Albert Nun, y como era típico en él, mucho más escueta que la de Anastasia. Solamente contenía dos líneas "Todo marcha según lo planeado en este nuevo empleo. En cuanto a esa muchacha en América, hay pocos elementos, pero serán suficientes".

Podía respirar aliviado. Sus oraciones, y con seguridad las del hermano Bartolomé, habían sido escuchadas.

Alternaba sus visitas a la biblioteca con las habituales caminatas, que con más frecuencia que antes las extendía a los alrededores del monasterio, especialmente si los días eran soleados. El invierno comenzaba a ceder ante la cercana primavera, aunque todavía nevaba y las temperaturas llegaban a bajar hasta los diez grados centígrados bajo cero en las noches. Pasaron otros quince días y vinieron las primeras lloviznas, la hierba reverdecía por todas partes; varios animales, incluidos los lobos, que eran desconfiados por naturaleza, comenzaban a rondar por los alrededores. Siguiendo los cambios en el clima, Antonio ya tenía elaborado un primer plan para sus vacaciones, pero continuaba esperando algo que no alcanzaba a comprender del todo. Había vuelto a sus sueños el niño arrodillado ante el ángel rebelde, lo que le preocupaba, a la vez que lo mantenía alerta, las tentaciones siempre están a pocos pasos de cualquier persona; La línea entre el pecado y la gracia de Dios es muy delgada, imperceptible para el hombre común, y hasta para el más avezado en cuestiones de fe.

En uno de esos días, más cálidos y despejados, tocó a su despacho uno de sus hermanos para hacerle entrega de una tarjeta que tenía escritas estas palabras: "Vivo en Australia, pero me encuentro ahora en Europa. Estoy desesperado; ¿puede usted recibirme?". La firmaba V. Vance.

No consideró necesario buscar referencia alguna con el hermano Daniel en relación con aquella persona. La desesperación era un estado de la personalidad en el cual se comenzaba a perder la visión de la realidad; y en esa situación, podía suceder lo imprevisible.

—Dígale que puede venir cuando guste y a cualquier hora del día.

El monje se inclinó y se retiró cerrando la puerta tras de sí, dejando al sacerdote solo con sus pensamientos. Respiró con amplitud para llenar de aire sus pulmones y al mismo tiempo recobrar la serenidad. Miró hacia el pequeño librero, donde guardaba los volúmenes que consideraba debía tener al alcance de la mano para mantener su mente despejada de la confusión del mundo. Sin embargo, desechó la idea de tomar alguno de ellos en ese momento, optando por la meditación.

Cerrando sus ojos para dejar luego su mente vacía y aislada de la realidad circundante, buscó la paz a través de una pequeña oración: "dame la paz, Señor, llena con tu espíritu mi ser, inunda con tu amor mi corazón para que pueda guiar por medio de la fe a quienes viven en la tribulación y ampárame si viene a mí la tentación". Durante media hora se mantuvo inmóvil. Poco a poco fueron desapareciendo su despacho, sus hermanos, el propio monasterio con sus alrededores, y se vio en la cima de la montaña, solamente él entre el cielo y la tierra. Miró desde allí hacia la antigua tierra de Egipto, con sus colosales construcciones, divisó a lo lejos al humilde anciano que con su cayado en la diestra mostraba el camino de la libertad a una multitud asustada; a un formidable rey espada en mano y a un niño cuidando con su ligera vara unas ovejas; contuvo su aliento ante el profeta en el torrente, comiendo el pan de las garras de los cuervos; contempló más tarde el fuego de la guerra, el llanto en los niños viajando al destierro; luego fue la paz, y otra vez la guerra. Entonces subió hasta allí un joven con manto dorado, que le hizo volver la cabeza en otra dirección. ¡Mira!, le dijo, la tierra temblaba, rociada con sangre; una tumba abierta era la puerta hacia la luz y las redes estaban cargadas de peces.

Despertó con el sonido de las campanas llamando para el almuerzo, más no se apresuró en levantarse de su asiento. Repasaba cada detalle de aquélla visión tan clara, que no era otra cosa que la historia de la redención. Si la meditación lo había hecho transportarse hasta lugares tan importantes para la fe de millones de seres humanos, podía sentirse feliz; si además, las imágenes tan nítidas que recibió tenían el impulso divino, lo consideraba un privilegio no merecido.

Después de disfrutar otra vez, con los ojos cerrados y recostado en la silla, su sorprendente viaje. Decidió irse a almorzar. El novicio Julián le había reservado una mesa aparte, en la que se regaló con pescado asado, pan, puré de patatas y ensalada de zanahorias y rábanos. Cuando estaba por terminar, se le acercó el hermano Iván y le preguntó si podía sentarse.

—Adelante—le dijo Antonio.

El monje se sentó en la silla más cercana al sacerdote y se quedó esperando a que concluyera su almuerzo, en una actitud muy respetuosa. Antonio no se inmutó, pero le resultaba extraño que aquel hombre, oriundo de las estepas rusas, y por costumbre tan jovial, no hubiera dicho aún una palabra. Cuando tomó por fin la servilleta, luego de terminar su postre, Iván le dijo:

—La mañana ha sido excelente para usted, ¿me equivoco?
—No.
—Tiene hoy en su rostro una aureola luminosa—explicó Iván sin dejar de mirarlo.
—Me atrevería a decir que ha realizado un viaje muy largo, increíble; pero magnífico—dijo nuevamente el monje.

Antonio se recostó en su silla observando con detenimiento a su hermano. Estaba acostumbrado a verlo como el bromista del rebaño, no como su pastor, valoración que reservaba para el hermano Daniel; y no obstante a que los humoristas eran de por sí muy observadores, nunca había reparado en ello si se trataba de Iván.

—¿Puedo preguntarle algo, hermano Iván?
—Por supuesto.
—¿Cómo sabe eso?
—Yo también soy... un viajero—explicó el monje.

Antonio comprendió entonces que aquel hermano suyo, que siempre se hacía notar por su jocosidad, haciendo reír a todos con sus bromas improvisadas, no era el simple monje que creía. Bajo su vestido de comediante, tenía otro que cubría al hombre de fe, entregado al sacrificio, a la oración, a vivir el amor sublime que el Señor nos entregó en la cruz; y que podía ver también más allá de los rostros. Recordó en ese momento las palabras de Iván cuando vio sobre los hombros de Patrick James el manto que le regalara Bartolomé, y que en aquel momento no había valorado con profundidad.

—Perdóname, hermano—dijo Antonio—, no podía imaginar que un hombre dotado del don de hacer reír; que se encarga de alegrar a los que habitamos este apartado monasterio, tuviera también el don de la visión. Lo tendré en cuenta en lo adelante.

—Gracias, hermano Antonio—murmuró Iván.

—Sería bueno—dijo de nuevo Iván—, que tuviera en cuenta que muchos aquí oramos porque esos hermanos nuestros que vienen a confesarse encuentren la paz, y porque usted mantenga esa lucidez que le caracteriza.

—Gracias—murmuró Antonio sin esconder su emoción—; a veces, me he visto en dificultades para encontrar el rumbo en determinados casos.

—Lo comprendo, aunque el hermano Bartolomé hace su parte muy bien—aclaró Iván.

—Seguro—afirmó Antonio.

—Bien, hermano Antonio—dijo Iván poniéndose de pie—lo dejo para que disfrute un poco más de ese sorprendente viaje, más recuerde que no está solo.

El hermano Iván se retiró hacia una de las mesas vecinas dejando al sacerdote pensativo, observando los rostros de los monjes que se encontraban allí, con toda una juventud dedicada al servicio y a la oración por sus "hermanos de afuera"; y también a la meditación, preparando su futuro encuentro con el Señor.

Satisfecho de lo sucedido hasta ese momento, Antonio se fue a su habitación para dormir una corta siesta.

Dos días más tarde, cerca del mediodía, tocaron suavemente a la puerta de su despacho. Instantes después, pudo ver en el umbral el rostro de la desesperación en un hombre de mediana estatura, delgado y con unos treinta años de edad. Antonio se puso de pie mientras le hacía una invitación a sentarse indicándole la silla ubicada frente a su escritorio. Al ver que se quedaba indeciso, le dijo:

—Adelante, señor Vance.
—Gracias—murmuró el hombre avanzando y tendiéndole la mano.

Antonio le estrechó la mano y le indicó nuevamente la silla diciéndole:

—Siéntese.

El señor Vance se sentó y Antonio le imitó sin dejar de estudiar su rostro, que le decía que aquella persona no disfrutaba de las horas de sueño que necesitaba el cuerpo.

—¿Un poco agotado por el viaje?—le preguntó el sacerdote.
—No, estoy bien—aseguró el señor Vance.
—Ya casi es la hora del almuerzo—comentó Antonio—, ¿ha desayunado usted?
—Sí—dijo Vance, quien parecía ansioso por comenzar la confesión.
—Podemos dar un paseo y luego almorzar. Más tarde puede usted confesarse.
—He dado un largo viaje, padre, ¿cuál es su nombre?
—Antonio. Disculpe por no presentarme. Trato de que las personas que vienen se sientan lo mejor posible y al notar su ansiedad...
—Es cierto—dijo el señor Vance interrumpiéndole—; estoy muy ansioso. Perdóneme. Acepto su invitación a dar un paseo antes.

Antonio se puso de pié y fue hasta la puerta de su despacho. La abrió y se apartó para dejar pasar al visitante. Salieron luego al patio grande y caminaron un rato en silencio. El sacerdote quería saber hasta qué punto estaba desesperado el señor Vance.

—Supongo que usted no conoce este monasterio ni sus alrededores—comentó Antonio.

—No, en realidad nunca antes había estado en Europa—dijo Vance.

—¿Nació en Australia?

—Sí.

Dieron algunos pasos más. Entonces Antonio le hizo una propuesta más concreta:

—Bien hermano Vance, le propongo que comience su confesión. Considérese desde este momento en estado de gracia, aunque estemos caminando por este patio.

El señor Vance lo miró un tanto confundido; pero finalmente se decidió a hablar.

—Padre Antonio, he perdido a mi padre. Ha desaparecido sin dejar rastros. Lo he buscado por todas partes y no he logrado encontrarlo. Sospecho que vive aún, pero que huye de mí. Creo que ha vuelto a su vida anterior, abandonándose a la bebida, y es por mi causa.

—¿Tiene usted hermanos?—le preguntó Antonio.

—No creo—dijo Vance—, aunque en verdad no tengo la seguridad.

—¿Tu padre tenía otra familia?

—No lo sé. De niño mis contactos con él fueron pocos. Casi siempre que venía a la casa golpeaba a mi madre luego de muchas discusiones por la vida que él llevaba: mujeres, bebida y juego. Nunca había dinero suficiente para un plato de comida decente y yo era un niño enfermizo, de modo que mi madre comía muy poco. Pronto enfermó ella y mi tío me llevó a su casa; dejé de ver a mi padre y también a mi madre, quien tuvo que ser internada en una clínica. Con mi tío tampoco mejoraron las cosas pues la recuperación de mi madre implicaba gastos y él no tenía trabajo fijo. Cuando tenía unos quince años tuve que dejar la escuela y trabajar; pero en la calle aprendí lo bueno y lo malo, así que terminé en una prisión para jóvenes. Allí fui víctima de muchos maltratos, y poco a poco, me convertí en un hombre violento, lleno de odio, aunque no lo demostraba.

—¿Y su madre?—preguntó Antonio.

—Salió de la clínica, mas eso no solucionó el problema. Mi padre seguía en las andadas. Un día él y mi tío riñeron, ambos fueron a parar a un hospital por un tiempo y mi madre volvió a enfermar.

En ese instante las campanas que anunciaban la hora del almuerzo sonaron con fuerza. Antonio tomó del brazo a Vance y le dijo.

—Bien, amigo Vance, ya voy entendiendo. Ahora necesitamos comer algo. La casa invita.

—Pero yo traje todo lo necesario, padre—dijo Vance con tono de protesta.

—Le aseguro que no encontrará nada mejor que nuestra comida—dijo Antonio y le guió hacia el refectorio.

El almuerzo era a base de jugo de naranjas, potaje de judías, bacalao guarnecido con patatas, arroz, pan, ensalada de coles y zanahorias, con un postre de manzanas, todo exquisitamente preparado. Vance titubeó en un principio, pero finalmente comió con buen apetito.

El padre Antonio notó un silencio poco común en el refectorio, por lo que buscó instintivamente al hermano Iván, sin encontrarlo. Tampoco estaba allí el hermano Bartolomé. Al pasar cerca de su mesa el novicio Julián, le preguntó por ambos.

—El hermano Bartolomé ha estado desde muy temprano en una de las capillas, en oración. El hermano Iván ha ido de paseo por los alrededores, ya debe estar de regreso—explicó Julián.

Terminado el almuerzo, el padre Antonio se trasladó hacia su despacho a través de los pasillos interiores. Antes de entrar, pasó a uno de los servicios sanitarios; al salir, invitó al señor Vance para que lavara sus manos y evacuara cualquier necesidad. Una vez sentados uno frente al otro el padre Antonio tomó la palabra.

—Bien hermano Vance, continúe su relato; aunque si lo desea, podemos conversar sobre otros temas.

—¿Cuál es su nombre, hermano?—preguntó Antonio.

—Mi nombre es Víctor Vance, padre—dijo el visitante—, y preferiría continuar, aunque no aquí. Me siento más tranquilo en lugares abiertos. Ya sabe, estuve algún tiempo en una prisión.

—Como quiera, hermano Víctor. Hay asientos en los pasillos que rodean el patio grande, y también podríamos caminar, si así lo desea.

—Podemos hacer ambas cosas—dijo Víctor Vance.

—Adelante—dijo Antonio poniéndose de pie y dirigiéndose hacia la puerta.

Ya en el patio grande, se fueron hasta uno de los bancos situados en los corredores que rodeaban el patio y tomaron asiento.

—¿Mejor así?—preguntó el padre Antonio.

—Mucho mejor, padre. Gracias.

—Continúe, le escucho—dijo el sacerdote.

Víctor Vance se acomodó en el asiento, lanzó una rápida mirada hacia los alrededores, y seguidamente continuó su relato.

—Como le dije antes, desde niño fui acumulando odio hacia los que me rodeaban, odio que en raras ocasiones salió a la superficie. El día en que fui puesto en libertad, habrán pasado unos diez meses, me fui directo a mi casa para ver a mi madre; pero me encontré allí a mi padre, quien para mi sorpresa, se encontraba arrodillado ante mi madre, aún convaleciente, pidiéndole perdón por sus faltas. Cualquier persona sensata hubiera esperado a que terminara, mas no fue eso lo que yo hice. Descargué todo mi odio y mis frustraciones contra él. No puedo explicarlo aún hoy, pero fue lo que sucedió. Sin dudarlo, me lancé sobre él con furia golpeándole sin control. Mi tío, que vivía muy cerca, avisado por una persona que nos conocía corrió hasta mi casa. Mi padre ya se encontraba inconsciente aunque yo continuaba golpeándolo. A pesar de su estado, mi madre sacó fuerzas hasta lograr apartarme y llevarme a la otra habitación, en la que me encontró mi tío. "¿Qué has hecho?"; me preguntó él mientras mi madre, sin dejar de llorar, solamente atinaba a decir: "él sólo vino a pedirme perdón".

—¿No se levantaron cargos?—preguntó Antonio.

—No, mi madre dijo a la policía que él la estaba amenazando y que me había atacado con un cuchillo que tomó en la cocina.

—¿Qué sucedió posteriormente?—preguntó Antonio.

—Mi padre fue llevado al hospital, donde estuvo tres o cuatro días; pero después desapareció, se escapó.

—¿Tiene algún indicio de su paradero?

—Ninguno. Recorrí todos los bares y tugurios de la ciudad con la secreta esperanza de encontrarlo, pero fue en vano. Cuando aparecía el cadáver de algún alcohólico, drogadicto o marginado social, me presentaba en la morgue para ver si era él. Después recorrí otras ciudades. Hablé con toda clase de personas, incluidos varios policías, mas estos últimos no me hicieron caso, conocían mis antecedentes. Sólo uno de ellos, que había pasado por algo similar en su infancia, me ayudó; hizo varias llamadas e investigó hasta donde pudo. Logró seguir una pista: un vagabundo había visto a un hombre que respondía a sus señas subir a escondidas a un carguero. Fui al puerto a pedir ayuda; pero todo era muy vago. Habían partido muchos cargueros en esos días en todas direcciones; y como la mayoría de ellos se dirigía a Europa, decidí venir.

—¿Y ha logrado encontrar alguna pista?—preguntó Antonio.

—Nada halagador. Han sido detenidos en los puertos muchos inmigrantes ilegales, pero no todos.

—¿Qué piensa hacer, Vance?

—Buscar en todas partes. Yo soy el responsable de que haya huido. No tenía derecho a maltratarlo por pedir el perdón, nadie merece eso.

—Hermano Víctor, ¿por ese hecho ha venido hasta aquí?

—No, hay otras cosas que no quisiera recordar, pero que surgen en las noches para atormentarme.

—Bien, puede compartirlas conmigo.

Víctor Vance se levantó y dio unos pasos en cualquier dirección, sólo para calmarse. Segundos después regresó al asiento, miró recto a los ojos de Antonio y continuó su relato.

—En la prisión suceden muchas cosas desagradables e inexplicables para un hombre común. Es otro mundo dentro del mundo. No importa si se trata de una prisión para jóvenes o para adultos, los códigos son los mismos y prevalecen los más fuertes. Pasé casi nueve años en una; vivía con el temor a ser maltratado por los mismos prisioneros, o a ser castigado por los guardias.

Víctor se detuvo y cerró los ojos un segundo. Volvió a incorporarse como si fuese a dar unos pasos; pero finalmente se sentó y continuó la historia.

—Un día, después de terminado el trabajo, me encargaron que guardara los utensilios en el lugar de siempre para lo cual el guardia me entregó la llave del local. Cuando lo abrí, alguien me arrastró hacia dentro, me golpeó con fuerza y luego fui violado...

Los puños de Víctor se crisparon, como si todo estuviera sucediendo en aquel instante.

—Cuando logré salir de ese lugar, vomité en el pasillo. El guardia me castigó entonces por ello y me dijo que por haber sido tan débil los dejaría hacerlo otra vez. Sufrí solo aquella humillación; pues en la prisión no existe la compasión. A partir de entonces muchos me consideraron una mujer, y tenía que escuchar sus insinuaciones. Me propuse impedir que volviera a pasar, pero no conté con la ayuda de nadie, ni tampoco con la del guardia, que era sobornado por los violadores. Sufrí en silencio que me mancillaran una y otra vez. Entonces vino a mi cabeza la idea de la venganza, que fue tomando cuerpo a medida que pasaban los días. Me inventé un arma yo mismo, reuniendo lo necesario poco a poco. Cuando la tuve a punto, esperé el momento propicio, que se presentó cuando menos lo esperaba. Los violadores, que eran dos, me llamaron al pasar junto a ellos para que les ayudara a trasladar unas cajas; yo portaba el arma con la idea de esconderla en mi celda, en un lugar preparado de antemano, de modo que no tuve que hacer una celada, ellos mismos se habían puesto en mis manos. Verifiqué que no hubiese nadie por los alrededores antes de ejecutarlos, luego me fui tranquilamente a mi celda y escondí el arma, ya limpia.

—¿No hubo investigación?—preguntó el padre Antonio.

—Revisaron todas las celdas, pero mi escondite era perfecto, además de que no me creían capaz de ejecutar a dos hombres que inspiraban miedo a muchos.

—¿Tampoco los demás prisioneros sospecharon de usted?— preguntó de nuevo el sacerdote.

—No, ninguno me creía capaz, y yo no debía pasar por el lugar donde ocurrió el asesinato. En ese momento yo debía estar en otro local, pero me habían enviado a mi celda mucho antes, por otro camino. Sin embargo debía estar alerta, otros se sentían ahora con el derecho a humillarme, y al parecer, el guardia había llegado a un acuerdo con ellos; por tanto, debía tomarles la delantera y eso significaba recurrir a la violencia de nuevo.

—Es sorprendente como nos transformamos dentro de una prisión, sobre todo después que pasamos la prueba de la muerte. Calculé fríamente lo que debía hacer para librarme de todos: si asesinaba a los nuevos violadores, aquello podría convertirse en una caída que no tendría fin; además, no siempre la suerte me acompañaría. Por tanto, decidí eliminar al hombre que se había dejado sobornar.

—Al guardián—dijo Antonio un tanto sorprendido.

—Exacto—dijo Víctor—; para ello utilicé un ardid sencillo: les hice ver a los otros guardianes que él se quedaba con la totalidad del dinero que los violadores pagaban por tener toda clase de libertades, en lugar de repartirlo entre todos. Hubo una pelea. Después de golpearlo muy duro, lo dejaron en uno de los pasillos para que pareciera que habían sido los prisioneros. Todos fuimos castigados, pero como ninguno conocía la verdad, salvo yo, el jefe de la prisión no tuvo otro remedio que trasladar al guardia. Se extremaron las medidas de seguridad, ante cualquier indisciplina el castigo era el hueco por tres días. Nadie se quedaba solo, siempre había un guardia cerca de nosotros. Aun así, uno de los violadores se las arregló para quedarse a solas conmigo, considerando que yo era una presa fácil, trató de sorprenderme, mas yo no era el mismo de antes. Después de golpearlo y dejarlo inconsciente, puse mi propia arma en sus manos y llamé a uno de los guardias explicándole que aquel hombre me había tratado de asesinar.

—¿Qué sucedió con él?—preguntó Antonio.

—Lo castigaron severamente y después lo trasladaron a otra prisión.

—¿Y los demás?

—Otro de ellos trató de intimidarme, pero le recordé que los dos primeros estaban muertos, el guardián que los apoyaba ya no trabajaba allí y que su amigo se había ido. Entonces me dijo que no tendría tanta suerte siempre.

—¿Qué sucedió?

—Le dije que tenía dos opciones: o me dejaba en paz, o se arriesgaba a intentarlo. Me miró fijamente y lo comprendió todo, así que no se acercó más a mí. A partir de ese momento todos me respetaron, inclusive algunos vinieron a pedirme que intercediera en sus querellas. Por suerte, poco después me liberaron, pero fue cuando me encontré con mi padre, y sucedió lo que no puedo explicarme todavía.

El padre Antonio observó el semblante de Víctor viendo en el mismo todos los sentimientos a un tiempo: miedo, asco, furia, dolor, rencor, odio; y se hizo una pregunta para la que no tenía respuesta aún: ¿qué será de "mis hermanos de afuera" sin Dios? Se puso de pie y tomando a Víctor por un brazo le dijo:

—Acompáñeme, hermano Víctor.

A través de los pasillos interiores caminaron hasta la cocina, donde afortunadamente los esperaba Bartolomé con una bandeja preparada con tres tazas de té y unos pastelillos. Hizo señas para que le siguieran y recorrieron de regreso el mismo camino hasta el patio grande. Una vez allí, destapó la bandeja, cubierta con un fino paño de color blanco, y colocándola sobre uno de los bancos, se arrodilló. Antonio se arrodilló frente al monje indicando con su mano izquierda a Víctor que le imitara. Un poco confuso, el señor Vance se arrodilló junto al sacerdote, quien pronunció las palabras rituales para bendecir los alimentos. Segundos después, el monje les entregó las tazas tomando una para él. Bebieron en silencio, saboreando el dulce líquido a cada sorbo. El visitante no quitaba la vista de Bartolomé, quien mantenía sus ojos cerrados y no parecía encontrarse en aquel lugar, sino en otro muy distante.

Pasados unos cinco minutos, ya terminado el té, el santo monje continuaba inmóvil. Paulatinamente, Víctor sintió un adormecimiento incontrolable que le hizo cerrar los ojos, por lo que el padre Antonio tuvo que sostenerlo, viéndose obligado a incorporarse a medias para recostarlo en el banco. Allí continuó su profundo sueño por espacio de una hora, pasada la cual, despertó extrañado mirando a su alrededor como si no supiera donde se encontraba, hasta que su mirada se posó sobre Bartolomé, quien se encontraba aún de rodillas al igual que el padre Antonio.

Víctor no se atrevió a molestar a sus hermanos, que continuaban arrodillados y en silencio. Una tranquilidad inexplicable inundaba su alma, de la que habían desaparecido el odio, el rencor y el miedo que la torturaban. Quedaba el dolor por sus faltas, más soportable. Escuchó a sus espaldas el sonido del agua que cae, muy leve, pero constante. Se levantó y buscó de dónde procedía con exactitud y localizó una llave de la cual brotaba un hilillo del preciado líquido. Fue hasta allí y humedeció su pañuelo pasándolo luego por su cara para refrescarse. A su regreso, Bartolomé ayudaba al padre Antonio a incorporarse. Poniéndose en medio de los dos y pasando ambos brazos sobre los hombros de ellos, preguntó:

—¿Podrá Dios perdonarme todo lo que he hecho?
—El ya te ha perdonado—respondió Antonio—, porque estás realmente arrepentido y has venido dispuesto a recibir su perdón. Arrodíllate ahora.

Víctor se arrodilló y el padre Antonio, colocando su diestra sobre la frente del penitente, lo absolvió de todos sus pecados en el nombre del Padre, del Hijo y del Espíritu Santo.

Cuando Víctor se incorporó, Antonio puso sus manos en los hombros de ambos y les dijo:

—Oremos, hermanos.

Los tres posaron sus manos sobre los hombros de sus hermanos y Antonio comenzó su oración:

—Perdona Señor, a tus siervos; perdona a aquéllos que fallecieron alejados de tu gracia; perdona a los que viven sin conocerte; perdona a esos que te niegan buscando otros placeres; ilumina con tu amor a los que están en la oscuridad, sufriendo el odio, el rencor, la envidia y la humillación de sus propios hermanos, dales tu paz y aléjalos de la maldad del mundo, para que puedan adorarte en la Jerusalén celestial que preparas para toda la humanidad.

Luego de dar la bendición al hermano Bartolomé, quien tomó las manos de Víctor con fuerza y las apretó contra su pecho antes de retirarse, el padre Antonio tomó por el brazo a su amigo para dar un corto paseo bajo el sol.

—Bien hermano Víctor—dijo—, espero que se sienta más calmado y que pueda reiniciar su búsqueda. No se desanime, si está vivo seguramente le encontrará.

—Quisiera creerlo—dijo Víctor.

—¿Tiene dudas?—preguntó el sacerdote.

—Sí, porque mi padre quizás no quiera ser encontrado. Puede haber ido hasta América, la India, China, o a una isla en cualquiera de los océanos.

—¿Tiene todas las señas de su padre?, tengo algunos amigos que pueden ayudar, así como familiares en muchas partes del mundo.

—¿Haría eso por mí?—preguntó Víctor mientras sacaba de un bolsillo una pequeña tarjeta con la foto de un hombre y varios datos junto a la misma.

—Hice muchas—explicó Víctor—, puede quedársela.

Antonio se detuvo y se puso frente a Víctor Vance, mirándolo seriamente para que éste fijara bien sus palabras.

—Lo haré por ambos. Creo que si tu padre fue capaz de pedir el perdón por lo que hizo a tu madre, tiene derecho a saber la clase de hijo que engendró.

Víctor sostuvo la mirada unos instantes y posteriormente asintió diciendo:

—Ahora puedo irme en paz y seguro de que le encontraré.

Se dirigieron a la puerta de salida con paso lento. Víctor Vance aspiraba el aire con fuerza, llenándose de sol mientras pasaba la vista a los pormenores de la enorme edificación que les rodeaba. Por primera vez no se sentía bajo la presión y el miedo para hacer algo, sino sólo con la certeza de que podría realizarlo si era tenaz. Ya en la puerta, se volvió hacia el padre Antonio.

—Bien padre, ahora me voy. Le llamaré en cuanto tenga buenas noticias.

—¿Y si soy yo quien las tiene?—preguntó a su vez Antonio.

—Aldorsodelatarjetahayunnúmeroconunadirección—respondió Víctor.

—De acuerdo—dijo el sacerdote volteando la tarjeta y echando un vistazo.

Víctor Vance estrechó la mano del padre Antonio y se dirigió al auto, mientras el sacerdote le decía:

—Vaya usted con Dios, hermano.

Capítulo XII

LA CONFESIÓN

Regresó el padre Antonio a su oficina orando en silencio para que los planes de Víctor Vance llegaran a feliz término, con la ayuda del Señor. Al mismo tiempo, a pesar de todas sus convicciones, sopesaba todos sus actos y los colocaba frente a "su otro yo" para analizarlos críticamente. Tenía el poder para perdonar los pecados; la experiencia acumulada durante largas misiones y otros trabajos en el mundo le habían ayudado a comprender la naturaleza humana como pocos; muchos religiosos que le conocían confiaban en él enviándole personas que habían cometido pecados capitales; sus hermanos de fe le apoyaban; y por último, Dios había intervenido en la historia para salvar al hombre, mostrando a través de su hijo que está dispuesto a todo para lograrlo. Sin embargo, se agolpaban en su mente muchas preguntas: ¿tiene un hombre el derecho de engañar, robar y conducir a otros a la muerte sólo para mantener una imagen pública?, ¿tiene derecho un hombre a robar, mentir y llevar a otros a una posible muerte sólo por recuperar su trabajo? ¿tiene derecho un hombre a quitarle la vida a otros, planificando fríamente sus pasos?, ¿a qué grado de enajenación llegó a descender su conciencia?; ¿tiene derecho una madre a abandonar a su hija sin ningún reparo ni justificación?, ¿puede un hijo violar a su propia madre?, ¿puede un hombre, en aras de un amor que considera sublime, dejarse arrastrar hacia la segunda muerte?, ¿por qué a un hombre le queda como único recurso matar para no dejar que lo mancillen otra vez?

Antonio conocía perfectamente que no existían tales derechos, que Dios nos ha dado la vida para que seamos felices, y que desgraciadamente somos los hombres quienes labramos nuestra propia ruina cuando olvidamos su presencia apartando el rostro para no ver sus sabias enseñanzas, creyendo que nuestra libertad es poder y no obediencia a sus mandatos; que son los mandatos de un Padre, de ése que nos busca donde quiera que nos escondamos o nos oculten de su luz, sea en un palacio dorado o en una mazmorra inmunda, para llevarnos otra vez a su lado y abrazarnos en vez de castigarnos. Entonces dijo en voz alta, aunque para sí mismo:

—¿Y quién eres tú Antonio, para no darles el perdón del Padre?

Se fué directamente a su habitación para dormir la siesta. Repentinamente, se sentía agotado tras largas horas concentrado en escuchar, analizar y orar, mientras veía pasar ante sí los peores momentos de las vidas de diferentes personas. Una vez que se cambió de ropa, se acostó, cerró los ojos y comenzó a orar en voz baja. No pudo conciliar el sueño hasta una hora más tarde, cuando la tensión a la que estaba sometido todo su cuerpo comenzó a ceder.

Cerca de las cinco de la tarde lo despertó el sonido de las campanas, que llamaban para la misa de la tarde. Lavó su rostro y volvió a ponerse sus hábitos, luego fue hasta la cocina para beber un poco de agua fresca, con tan buena suerte, que se encontró a un tiempo con Bartolomé e Iván, quienes bebían una taza de té acompañada de algunas galletas.

—Buenas tardes, hermanos—dijo Antonio acercándose y tomando un vaso—, quisiera beber un poco de agua.

El novicio Julián se acercó presto con una jarra y le sirvió el agua, mientras el hermano Bartolomé buscaba otra taza y le servía té agregándole un pequeño terrón de azúcar.

—Nuestra siesta se extendió algo más de lo habitual—comentó Antonio.
—¿Viajando?—preguntó Iván.
—Sólo durmiendo. Necesitaba un buen descanso.
—Después de cada viaje se necesita descansar bien—explicó Iván mirando al padre Antonio de una manera muy especial.

Antonio sonrió sabiendo a qué se refería su hermano y dirigió una mirada hacia Bartolomé, quien parecía absorto en sus pensamientos.

Terminada la breve merienda, el novicio Julián recogió las vasijas y las llevó al fregadero, Antonio le dio la bendición al hermano Bartolomé y se dirigió hacia el templo, para esperar en oración la celebración de la Santa Misa. Mientras oraba, se presentó ante él la misma visión de sus sueños: el niño arrodillado adorando al ángel rebelde. Se levantó de golpe, sorprendido e incómodo por aquélla escena de la que no comprendía aún su significado y que le mantenía en alerta ante la tentación que representaba. Caminó hasta los últimos bancos y salió por una de las puertas laterales dirigiéndose hacia una capilla pequeña, que se encontraba vacía en esos momentos. Se acercó a la cruz que se encontraba en el centro de la misma y se arrodilló ante ella para comenzar una oración:

—"Padre todopoderoso, señor del cielo y de la tierra, ampárame en esta hora, líbrame de las tentaciones que me acechan; dale la paz a quien no la encuentra mas que en la oscuridad, pero si no quiere tu paz, recházalo a las tinieblas a donde pertenece y no permitas que perturbe mi alma ni la de mis hermanos con sus bajas insinuaciones".

Esperó unos segundos, completamente concentrado en la cruz, inmóvil, sereno, confiado en el Señor. No veía más que la madera pulida, con sus líneas y nudos característicos que emitían sus tenues reflejos bajo la luz de las velas. Pasaron más de diez minutos y sintió que la paz volvía a su alma, aunque se mantenía en estado de vigilia. Escuchó unos pasos a sus espaldas, pero no se movió, no sentía ninguna presencia extraña. Segundos después, una voz pausada, que le pareció salir de una garganta con más de cinco siglos, entonó, en perfecto latín, el Ave María. Cuando terminó, unas gotas de agua comenzaron a caer a su alrededor y por toda la capilla. Antonio no se movió, mientras el agua rociaba los bancos, el suelo, las paredes y sus propias ropas. Finalmente alguien se arrodilló a su lado, era el hermano Iván, quien mirando directamente a la cruz hizo una invocación:

—"San Miguel Arcángel, defiéndenos en la lucha, sé nuestro amparo contra la perversidad y las acechanzas del demonio, que Dios manifieste sobre él su poder. Es nuestra humilde súplica. Y tú, príncipe de la milicia celestial, con la fuerza que Dios te ha conferido, arroja al infierno a Satanás y a los demás espíritus malignos que vagan por el mundo para la perdición de las almas."
—Amén—dijeron ambos al finalizar.

Hubo un corto silencio, interrumpido por el sonido de las campanas, llamando por última vez a misa. Siguió a ello el canto de una alondra al pasar junto al campanario, y una brisa imprevista que sacudió las llamas y movió los cabellos de Antonio e Iván, quienes sintieron el aroma de las flores silvestres al amanecer, aunque la naturaleza se acercaba ya a la hora del crepúsculo.

—Se ha ido—murmuró Antonio.
—Sí—afirmó Iván—creo que ya podemos ir a la misa.

Los dos religiosos se incorporaron y salieron al pasillo. Caminaron despacio, con los dedos de sus manos entrecruzados al frente, hasta el templo central, donde ocuparon uno de los últimos asientos.

Terminada la Santa Misa, el hermano Iván tomó por el brazo al padre Antonio, y llevándolo aparte, esperó por otro de los hermanos de la orden, quien salía en silencio del templo. Iván lo tomó también del brazo y se dirigieron hacia la misma capilla donde habían estado orando él y Antonio.

—El es el hermano Janos Filipowich, polaco—dijo Iván—. Entró a la orden desde muy joven, y aunque muchos no le conocen directamente, pues se las arregla para pasar inadvertido, él sí nos conoce a todos.
—La paz sea contigo, hermano—dijeron casi al unísono Antonio y Janos inclinándose ligeramente.

Luego el hermano Janos dijo dirigiéndose a Iván:

—Sería yo ciego y sordo si no conociera al padre Antonio. Por cierto—dijo Janos mirando a su alrededor—, pareciera que estamos en plena mañana en esta capilla.

Antonio e Iván se miraron sonriendo.

—El hermano Filipowich—explicó Iván—es exorcista.

Antonio lo miró sorprendido, pues nunca había oído decir nada sobre ese particular a ninguno de los otros monjes que convivían con ellos en el monasterio.

—Si se presenta de nuevo ese... provocador—dijo Iván—, no dude usted en pedir su ayuda.
—Lo tendré muy en cuenta—dijo Antonio.
—¿Ha sido usted visitado?—preguntó Janos dirigiéndose al padre Antonio.

—Digamos que una visión, de un hecho del que tengo un vago recuerdo, ha estado presentándose con cierta frecuencia—dijo Antonio.

—Bien, supongo que usted ha orado pidiendo al Señor que aleje las tentaciones. Sin embargo, sería conveniente que usted revise otra vez el libro del pasado para buscar el origen; partiendo del principio se puede alcanzar la cura—le explicó Janos

—Seguiré su consejo, hermano Janos—afirmó Antonio.

Janos Filipowich volvió a recorrer con la mirada la pequeña capilla y aspiró el aire con olor a flores silvestres que la inundaba.

—Podemos quedarnos aquí un rato para orar—propuso.

—De acuerdo—dijo Iván intercambiando una mirada con Antonio.

Los tres religiosos se incaron de rodillas ante la cruz y oraron en silencio por espacio de media hora. Durante ese tiempo no dejaron de sentir el aire fresco de la mañana, ni el olor de las flores del campo, aun cuando ya había caído la noche. Después de hacer una oración especial por toda la congregación, los tres se retiraron de la capilla para ir al refectorio.

Antonio sólo tomó una sopa de coles y zanahorias, al igual que Janos. Iván, como siempre, se alimentó muy bien. Acordaron regresar a la pequeña capilla, de modo que después de ir a sus habitaciones para asearse, volvieron a la misma, donde se mantuvieron en oración hasta la media noche, cuando cada cual se fue a descansar con un: "que la paz sea contigo, hermano".

Esa noche durmió profundamente. No escuchó las campanadas que llamaban a la Santa Misa de las siete de la mañana, por lo que llegó cuando ya estaba a punto de concluir, aunque como era costumbre entre los hermanos, no hubo miradas indiscretas o acusadoras. Durante el desayuno, el hermano Iván se acercó a su mesa para preguntarle si había sido una noche tranquila.

—Sí, hermano Iván. He dormido sin interrupción hasta pasadas las siete, por eso llegué tarde a misa—le dijo Antonio.
—Si es por una buena razón, todos estaremos felices—dijo Iván sentándose.
—¿Y cómo ha sido la suya?—preguntó a su vez el padre Antonio.
—Con olor a flores silvestres—dijo el monje mostrando su dentadura.
—No lo dudo—admitió el sacerdote.

Después de tomar cada uno un jugo de naranjas, probaron un bocadillo de pan con vegetales frescos, remojados en vinagre, que invitaba a repetir, aunque Antonio no gustaba de comer más de lo que le servían. Claro que su costumbre no era seguida por su compañero de mesa, quien por naturaleza poseía un gran apetito, que a pesar de sus esfuerzos por mantenerlo bajo control, muchas veces salía a la superficie para jugarle una mala pasada. Por suerte para él, en la cocina siempre quedaban varias raciones extras por si se presentaban visitantes no previstos. Así que en esa ocasión logró el ruso tranquilizar su estómago gracias a los buenos oficios de Antonio y de Bartolomé, quien buscó otro bocadillo y un pequeño pote de dulce de albaricoques.

—Bueno—dijo Iván moviendo la cabeza con satisfacción—, ahora podré llegar hasta el mediodía sin problemas.
—Le invito a dar un paseo por los alrededores del monasterio—dijo Antonio.
—Bueno—dijo Iván—, se me duplicará el apetito para el almuerzo.
—Eso puede solucionarse. Hablaré con el novicio Julián—dijo Antonio.

Iván movió la cabeza como si lo pensara antes de contestar. Finalmente pareció decidirse.

—De acuerdo, le acompañaré.
—Sabía que podría contar con su agradable compañía—aclaró el sacerdote.

Atravesaron el patio grande hasta llegar a la puerta principal y salieron al exterior. Antonio se dirigió hacia el ala izquierda del monasterio, buscando las colinas desde las que se divisaba la enorme construcción en todo su esplendor.

—Veo que a usted le gusta escalar las montañas—comentó Iván.
—Solamente son pequeñas colinas, pero desde ellas se tiene una excelente vista de nuestro lugar de retiro—explicó el padre Antonio.
—Es cierto, nunca me cansaré de mirarlo desde allí—admitió el monje riendo.
—Creo que usted me hace trampas, hermano—dijo Antonio mirando a su compañero con los ojos muy abiertos—; seguro que ha visto muchas veces a nuestro monasterio desde esas colinas.
—¿Y quién no, hermano Antonio?—preguntó Iván.
—Bueno, desde que vine a este retiro, hace unos siete años, creo que lo he hecho unas tres o cuatro veces.
—Pues debería hacerlo con más frecuencia. A mí siempre me ha parecido, cada vez que lo veo desde esas alturas, un pequeño mundo fantástico en medio de todas las miserias humanas—explicó Iván.
—Allá afuera—replicó el padre Antonio—, existen muchas personas, yo diría que millones, que sin tener nuestras ventajas geográficas, también logran construir mundos fantásticos contra los cuales se estrella el mal que se afana tratando de destruir la luz.
—¿Ama usted a ese mundo que nos rodea, hermano Antonio?—preguntó de repente Iván.
—Sí, ¿usted no?
—También lo amo, pero en ocasiones me pregunto si nuestra manera de combatir el mal es la más ideal—respondió Iván.
—¿Tiene alguna idea mejor?—preguntó otra vez Antonio.
—No. Si no encuentro los defectos en nuestra forma de luchar contra la maldad, no es posible para mí pensar en otras soluciones.
—Nuestras dudas pueden ser síntomas de flaqueza—comentó Antonio.

—Lo sé, hermano; por eso oro día y noche cuando me asaltan esas dudas.

—Somos uno de los pocos puntos de referencia que tiene el hombre de fe en medio de la marea que sube por todos lados—explicó el padre Antonio—; no importan las opiniones nefastas que los medios de propaganda lancen contra nosotros.

—O que no lancen ninguna. Muchas veces el método consiste en no hablar acerca de los que llevamos una vida de servicio, sea práctico o de oración, en favor del hombre—agregó Iván.

—Ya estamos en el tercer milenio de la Era Cristiana, y a pesar de todos los avatares, seguimos teniendo pruebas de la presencia de Dios entre los hombres, ¿no significa ello que son eficaces el servicio en las comunidades pobres o apartadas, a los marginados, y la oración?—preguntó Antonio.

—Es cierto—admitió Iván—, pero el mal continúa multiplicándose.

—¿Sugiere usted que salgamos por el mundo al estilo de los antiguos profetas gritando a los reyes que vuelvan sus rostros al Señor?—preguntó Antonio deteniéndose y volviéndose hacia el monasterio.

—Quizás debamos—dijo Iván, que se había detenido también—. El mundo cambia y el mal se adapta a ello, utilizando los propios medios derivados del avance tecnológico para sus fines.

Comenzaron el ascenso a una de las colinas, que les tomó unos cinco o seis minutos, y se sentaron sobre la hierba para deleitarse sin más pérdida de tiempo con la magnífica vista que tenían ante ellos.

—Estoy seguro de que el arquitecto que diseñó nuestro monasterio lo primero que hizo fue subir a estas colinas—comentó Iván.

—Seguro—admitió el sacerdote.

Pasaron varios minutos en los que ambos hermanos hicieron silencio. Sus miradas recorrían los distintos pormenores de la enorme estructura de piedra que se elevaba a un kilómetro de distancia, asombrados de que cinco siglos atrás se pudieran construir edificios tan perfectos y de aquélla envergadura.

—Hermano Iván, ¿nunca ha participado en una misión?—preguntó Antonio.

—Sólo algunos pequeños trabajos con niños y ancianos—respondió Iván—; el resto del tiempo lo he pasado aquí.

—¿Cuánto tiempo?

—Tengo casi cincuenta, así que hará unos treinta años—contestó el monje.

—¿Nunca ha sentido la necesidad de salir al mundo?—preguntó otra vez el sacerdote.

—No, me siento a gusto aquí.

—Quizás deba salir a trabajar con los jóvenes; su carácter es el ideal para eso—sugirió Antonio.

—Los jóvenes, ¿sabe?, no se toman la vida demasiado en serio y son muy dados a la risa. Pienso que usted podría realizar muy buenas obras en ese ambiente—dijo el sacerdote insistiendo en la idea.

—¿Hará una propuesta al hermano Daniel?—preguntó el ruso mostrando cierto interés?

—Sólo si usted me lo pide. Piénselo, ésa es una de las vías más eficaces para luchar contra ese mal que se multiplica—explicó Antonio—. Nosotros tenemos la experiencia, los jóvenes la fuerza y la alegría para llevar las obras a buen término.

—Casi me ha convencido ya—dijo Iván mostrando una amplia sonrisa.

—Siempre espero que surja algo bueno en mis caminatas—dijo Antonio devolviéndole la sonrisa.

Hubo un corto silencio, en el que cada cual organizó sus propias ideas acerca del tema que trataban, a fin de continuar la plática.

—Esa es una de sus virtudes, hermano—dijo Iván retomando el hilo de la conversación—, no pierde el tiempo ni siquiera cuando estira las piernas y toma el aire.

—Pienso que no tengo ese derecho—aclaró Antonio.

—Lo sé—admitió el monje—, los que llevamos esta vida de retiro y oración no podemos malgastar el tiempo que nos ha dado el Señor.

Siguió otro breve silencio. Sin que dejara de ser productiva la conversación, no se había encausado hacia el asunto que ambos tenían en mente desde el día anterior, y como para Antonio era muy importante, se decidió a tocarlo directamente pues consideraba primordial conocer hasta donde su hermano, siempre tan inclinado a la risa, podría ayudarle a desentrañar el oscuro misterio que daba vueltas en torno a él.

—Bien, hermano Iván—dijo Antonio—, vayamos al asunto por el que le invité a este paseo, aun cuando mi propuesta sobre los jóvenes es muy seria.

—Sé que es muy seria—afirmó Iván.

—He visto varias veces a un niño arrodillado ante el ángel rebelde—explicó el sacerdote—; no sé aún lo que significa, pero mi intuición me dice que hay algo tenebroso en él.

—Ese ángel tiene muchas caras, hermano—explicó a su vez Iván—. Es el rey del engaño y la simulación.

—Me gusta comprender los motivos del enemigo—dijo Antonio tratando de fundamentar su idea—; así considero que podré tener mejores armas contra él.

Iván no pronunció palabra. Sopesaba los argumentos del padre Antonio antes de proponer un camino a seguir.

—Medite sobre ello—comenzó a decir el monje—. Me refiero a que realice una meditación profunda.

—Comprendo—dijo Antonio.

—Es muy probable que de esa meditación obtenga usted la verdad sobre ese asunto—concluyó el monje.

—¿Desde cuándo se está presentando esa visión?—preguntó Iván.

—Últimamente. No puedo precisar la fecha, pues al principio no le di mucha importancia—respondió el sacerdote.

Iván miraba hacia el monasterio, preguntándose cómo el servidor del mal podía traspasar aquellos muros para moverse alrededor de las almas dedicadas al bien y provocar la incertidumbre.

—Usted, hermano Antonio, abre los caminos a muchas personas a los que ese ángel se los ha cerrado. Creo que por eso viene a visitarle, para tratar de engañarlo y hacerlo caer, o al menos intimidarle para que flaquee...

Iván se detuvo. El padre Antonio ya no se encontraba allí. Sus ojos estaban cerrados, los dedos de sus manos entrecruzados y apoyados sobre sus piernas. Parecía no respirar. El monje adoptó una actitud similar y esperó.

El sacerdote pudo ver como el monasterio se perdía en la lejanía, lentamente. Sintió calor: sus pies se movían sobre la arena del desierto; escuchó gritos y lamentos; los hombres se retorcían agarrándose los talones, estaban rodeados por serpientes. Un anciano surgió en medio de ellos portando el caduceo de bronce y las serpientes desaparecieron. Después un rey, quien portaba una brillante espada, echaba por tierra los santuarios de las colinas. Vinieron entonces miles de guerreros armados y fue el caos y la muerte; pero luego llegó un niño con blancas vestiduras, extendía su mano y todo volvía a brillar bajo el dorado sol del amanecer. A sus espaldas cargaba una cruz de madera. Extendió nuevamente su mano en otra dirección y le dijo: "él es quien te busca, pero tú sólo debes escuchar mi voz; recuerda que un pequeño pastor de ovejas es capaz de aplastar al más grande de los guerreros, no te humilles ante él, véncelo. Te entrego esta arma (colocaba la cruz en sus manos), no existe fuerza capaz de pasar sobre ella. Finalmente se presentaba un niño vestido con ropas oscuras que le decía: "padre, te necesito junto a mí, acompáñame y solamente así podrás ayudarme". El niño entraba en una casa grande con una cruz en el frente, que era consumida por las llamas.

Antonio abrió los ojos. Allí estaba el monasterio, con sus anchos muros de piedra y con su elevado campanario, como una fortaleza preparada para la batalla, mas el sacerdote repasaba sus recuerdos. El niño de las ropas oscuras le parecía familiar. Revivió en su mente las caras de los niños y jóvenes de sus misiones en diferentes países, pero no encontró nada. Se fue hasta su juventud, a sus inicios como religioso, y fue entonces que lo recordó.

A su lado el monje Iván continuaba extasiado, inmóvil. La suave brisa movía sus cabellos, aún sin canas. Se notaba la felicidad en su semblante, incluso cuando mantenía los ojos cerrados. Pasó una media hora antes de que volviera a la realidad. Al abrir los ojos miró en derredor hasta que se encontró con la figura de Antonio.

—Bien hermano, ¿cómo le ha ido?—preguntó el sacerdote.
—Puedo decir que magníficamente—dijo el monje con satisfacción.
—¿Y usted, padre Antonio, pudo recordarlo?
—Lo recordé, Iván, lo recordé—respondió Antonio mirándolo directamente a los ojos.
—Podemos decir que hemos avanzado un gran trecho—afirmó el monje.
—Podemos decirlo, hermano—aseguró Antonio.
—Bien—dijo Iván incorporándose—, no sé usted, pero mi reloj natural me dice que ya es mediodía.
—El mío también.

Comenzaron el descenso con paso rápido, con el concurso de la fuerza de gravedad. Recorrieron el camino de regreso sin hablar. No era necesario para ellos, sólo intercambiaron miradas y sonrisas muy elocuentes y alguna que otra palmada en los hombros, como muestra del respeto que sentía cada uno por el otro.

El refectorio estaba casi vacío cuando llegaron y el novicio Julián los miró extrañado, especialmente porque uno de ellos respondía al nombre de Iván, quien nunca dejaba de ser de los primeros en sentarse a la mesa y amenizar la espera con sus bromas.

—Lo hemos extrañado—dijo el novicio a manera de recibimiento.
—Gracias—dijo Iván sentándose rápidamente.
—¿Qué tienen hoy?—preguntó Antonio
—Manzanas y melocotones frescos. Judías, patatas asadas, carne de oveja y ensalada de coles.
—¿Postre?—preguntó el ruso.
—Melocotones en almíbar.
—Me parece bien—dijo Antonio.
—A mí también—comentó el monje ante la mirada reservada del novicio Julián, alerta ante las posibles ocurrencias de Iván.

Como eran los últimos comensales, Julián regresó muy rápido sirviendo todo de una sola vez: el aperitivo, el plato fuerte y el postre. Antonio e Iván comieron con muy buen apetito, y hasta pidieron otra ración de melocotones en almíbar.

Finalizado el almuerzo, cada uno fue a su habitación para dormir la siesta, muy felices por una mañana tan fascinante.

Antonio mantenía muy presentes los momentos vividos durante su meditación, gracias a la cual había recordado de dónde provenía la visión del niño adorando al ángel provocador. Su viaje había sido tan claro, que no le quedaban dudas acerca del camino a seguir en lo adelante. Debía estar cada día más cerca de sus hermanos, a los que quería de corazón; pero de los que no había sospechado un amor tan especial como el que en verdad le profesaban. Cada día tenía que estar al amparo de la cruz de Cristo, si quería vencer al maligno, que lo provocaría con toda clase de insinuaciones. Debía además confesarse.

Se despertó sobre las tres de la tarde, y sin dudarlo un instante, se fue a ver al hermano Daniel, a quien encontró en la biblioteca pequeña, leyendo una obra de San Ambrosio.

—Disculpe, hermano Daniel, ¿podría usted atenderme un momento?—preguntó Antonio acercándose a la mesa.
—Adelante, hermano Antonio, ¿ya tiene su plan de viaje?
—Lo traeré mañana, sólo me falta revisarlo de nuevo—respondió Antonio.
—Siéntese, hermano, usted dirá—dijo Daniel indicándole la silla más cercana.

El padre Antonio obedeció de inmediato y mirando seriamente a su hermano y jefe de la Orden le dijo:

—Hermano Daniel, necesito confesarme.
—¿Usted?—preguntó Daniel sorprendido.

Después del primer momento, el hermano Daniel reaccionó y se respondió su propia pregunta.

—Disculpe, hermano Antonio. Olvidé por un momento que el confesor también debe confesarse.
— Como conozco sus métodos le permitiré que escoja usted mismo el lugar.
—Pienso que aquí estaremos bien—dijo Antonio.

El hermano Daniel se acomodó en la silla y dijo las palabras rituales para que su hermano comenzara la confesión.

—Hermano, se trata de un hecho que sucedió cuando me iniciaba como sacerdote, quizás por mi juventud o por ignorancia de su verdadero significado para el futuro, no le di en ese momento la importancia que requería. Estaba yo en una comunidad alejada de las grandes urbes, donde me sentía muy a gusto, pues era un poblado pequeño, con problemas económicos, mas no con serias situaciones en el aspecto de la fe religiosa. Un día se acercó a mí un niño de unos diez o doce años aproximadamente, tenía aspecto de ser muy humilde, como casi todos los que vivían en aquel lugar. El me dijo que había soñado con sangre, con mucha sangre que corría por todas partes, y que él se bañaba en ella. Luego se convertía en un gigante muy poderoso, al que seguían muchos como si fuera un rey. Considerando que era una pesadilla, le dije que rezara en la noche un Ave María seguido de un Padre Nuestro y que durmiera con su madre. No volví a verle en el templo; pero supe que su madre, quien había fallecido ya, era una fiel cristiana, a quien todos le tenían afecto. Unos años más tarde supe que aquel niño, quien ya era un adolescente, o quizás un joven, se había ido a vivir en los montes cercanos y que practicaba ciertos ritos extraños. No escuché ninguna otra noticia sobre él hasta que regresé, años después, en una misión a las comunidades del lugar.

—¿Cuáles fueron esas noticias?

—Que se había ido a Europa y había ingresado en una iglesia satánica.

El hermano Daniel levantó las cejas, pero se mantuvo callado.

—Me pareció poco probable y hasta disparatada la información, de modo que no le di crédito, mas en los últimos días he tenido un sueño, que ha pasado a ser una visión muy clara, en la que un niño está arrodillado a los pies del ángel rebelde, adorándole. No supe de qué se trataba hasta hoy en la mañana cuando fui hasta la colinas a meditar, en compañía del hermano Iván. Allí me fue revelado su rostro otra vez y entonces lo recordé todo.

—El hermano Iván—murmuró el hermano Daniel como si hablara consigo mismo.

—Sentí la necesidad de confesar que no fui capaz de ver el peligro en ese niño aparentemente inocente que vino a mí en aquellos años. Debí haber consultado, indagado el significado de lo que me contó, quizás se hubiera salvado.

—Y quizás no—comentó Daniel pensativo—; no hay forma de saberlo ahora.

—Yo pienso que sí, hermano Daniel—aseguró Antonio.

   El hermano Daniel se recostó en su silla y miró al padre Antonio con detenimiento. A continuación movió la cabeza y preguntó:

—Usted dijo que allí, en las colinas, "le fue revelado su rostro otra vez", ¿esa revelación se produjo mientras meditaba?
—Así es.
—Entonces no hay dudas de que es él—afirmó Daniel, quien preguntó seguidamente:
—¿Hubo algo más en esa revelación que yo deba saber?
—Sí, ese niño entraba en una casa grande que tenía grabada una cruz en la pared, y esa cruz estaba en llamas—explicó el sacerdote.

   Daniel suspiró profundamente e hizo la señal de la cruz.

—No tengo dudas de que el provocador lo está rondando—dijo a manera de conclusión.
—Y yo soy el responsable—dijo Antonio.
—No se culpe, hermano—objetó Daniel—, usted pudo haber sospechado, pero no podía estar seguro.
—Yo sé que en casos como esos se puede salvar a la persona, y él era solamente un niño, ¿Cómo pude ser tan torpe?—se dijo Antonio casi con horror.
—Cuidado, hermano Antonio—dijo Daniel sobresaltado—, ese sentimiento de culpa puede ser utilizado por el ángel rebelde para acercarse de nuevo. Es posible que haya cometido un error, pero no se lacere más de lo necesario, él sabe ver las brechas más pequeñas y penetrar a través de ellas.
—¿No tiene algo más que decir?—preguntó nuevamente el hermano Daniel.
—Debo tener más en cuenta a mis hermanos de la Orden. Me han demostrado que están al tanto de todos mis problemas; en cambio yo, les dedico poco tiempo—dijo Antonio.

—Por lo que me acaba de decir hace unos momentos, eso está cambiando, pues se fue a caminar con el hermano Iván y estuvo meditando, lo que es señal de que practican en común un excelente ejercicio—objetó el hermano Daniel.

—También supe que el hermano Filipowich es ...exorcista—dijo Antonio.

—Es cierto. Lo saben muy pocos.

El hermano Daniel se acercó y colocó su diestra sobre la frente de Antonio para darle la absolución. Terminado esto, el jefe de la Orden expresó su parecer sobre otros aspectos que consideraba importantes para la salud del sacerdote.

—Hermano Antonio, espero que mañana me presente su definitivo Plan de Viaje. Debió disfrutar sus vacaciones seis meses atrás, no se deben posponer más. Si alguien pide confesarse y no puede esperar a su regreso, lo cual sería lógico en esos casos, lo atenderé yo mismo si a usted no le molesta. Trataré, hasta donde sea capaz, de respetar sus métodos. Y por último, una vez de vuelta, verá a los médicos; es otra cosa que no podemos obviar.

—De acuerdo, hermano Daniel—dijo el sacerdote poniéndose de pie.

—Que la paz sea contigo, hermano—murmuró el jefe de la Orden.

—Que Dios le guarde, hermano Daniel—dijo Antonio y se dirigió hacia la puerta.

Esa noche Antonio durmió sin la molesta visión de días anteriores. Durante la madrugada, sintió que era transportado a gran altura, sobrevolando montañas y valles, océanos y desiertos; a su derecha un águila blanca le guiaba.

A la mañana siguiente, Antonio presentó su Plan de Viaje al Secretario, el hermano Janic, para que se ocupara de los pormenores. Primero tendría una breve estancia en Francia, con la familia Warner, donde también podría tener noticias sobre la salud de Anastasia; luego volaría a Norteamérica, donde tenía un hermano y muy buenos amigos, unos religiosos, otros no, que le habían hecho múltiples invitaciones. Después iría a Suramérica, a la casa de sus padres, allí se quedaría unos veinte días. Regresaría a través de África, con dos breves estancias: Sudáfrica y Egipto. Finalmente, llegaría a España, para ver a otros parientes y peregrinar por el Camino de Santiago; desde allí viajaría en tren y en automóvil hasta el monasterio.

—Veo que no incluyó usted a Tierra Santa—comentó Janic, luego de mirar su plan de viaje.
—Pasaré por Egipto—explicó Antonio—, allí vivieron los patriarcas, varios profetas y el mismo Jesús. Tengo muy buenos amigos allí y si se presenta la oportunidad, quizás pueda dar un pequeño salto hasta Jerusalén.
—Lo envidio, hermano Antonio—dijo Janic riendo—, yo sólo estuve en Jerusalén cuando era un adolescente y porque me llevaron mis padres, ¿cuántas veces ha ido usted?
—Cuatro veces, creo—respondió Antonio.
—¿Ya lo ve?, es usted un privilegiado.

Antonio movió la cabeza como si no estuviera completamente de acuerdo con su hermano. Luego le dio sus razones:

—Vivir en Jerusalen en los tiempos de Jesús fue un privilegio. Ir ahora es un recordatorio.

Diez días después, Antonio tomaba su maleta y se encaminaba hacia la salida. Habían transcurrido siete años desde su llegada al monasterio. En la puerta le esperaban varios hermanos. El primero en acercarse fue Janos, quien le entregó un pequeño librito de oraciones.

—Es para orar en las noches—dijo el polaco y le abrazó.

Después se acercó Iván, quien le colocó en uno de los bolsillos un frasco diciéndole:

—Es agua bendita.

Luego el monje le entregó algo envuelto en un paño blanco, que parecía suave al tacto. Antonio levantó el paño y vio un pan acabado de hornear.

—Ya he desayunado—dijo el sacerdote.
—Nunca se sabe—objetó el ruso—, puede sentir hambre por el camino.

Acto seguido abrazó con fuerza al padre Antonio. No era posible mantenerse serio en presencia de Iván, a menos que él quisiera. De modo que todos se rieron, aun cuando les embargaba cierta tristeza por la partida de Antonio.

—Bien, le aclararé algo, padre Antonio, yo no soy el único responsable—explicó Iván señalando hacia sus compañeros—. Todos aquí están complotados.

El último en despedirse fue Bartolomé. Se acercó despacio, con algo en sus manos, de las cuales sobresalía un cordel del que colgaba una cruz de madera, rústicamente tallada. La colgó del cuello de Antonio, le abrazó y al final se arrodilló para que le diera su bendición.

—Que Dios te bendiga, hermano Bartolomé. Nuestros hermanos te cuidarán y yo te tendré siempre en mis oraciones.

Bartolomé aún no lo dejó irse. Se abrazó a sus dos piernas durante un minuto, reteniéndole. Cuando al fin lo liberó, Antonio lo atrajo hacia sí para abrazarle de nuevo antes de partir.

A esos hombres, que dedican sus vidas
a guiarnos por este desierto;
que saben guardar nuestras faltas
en la caja dorada de su corazón,
dejándonos libres otra vez
para volar hacia nuestro único destino:
El eterno amor del Señor.